Thomas Hrabal

Topfenknödel
Kalamitäten

Gramakirchen ist ein Schmelztiegel der österreichischen Seele. Ob beim Kirchenchor, am Fußballplatz oder am Stammtisch beim Dorfwirt „Zum goldenen Bock", dem Gasthaus der Familie Scheuringer: alles ist in bester Ordnung. Bis das Geheimrezept der Wirtin Renate zur Zubereitung der weltbesten Topfenknödel gestohlen wird!

hangry

[„hungry“ + „angry“]

The anger you fell due to lack of food.

An irritable state of mind

that can only be cured by prompt eating.

Sauerkraut

Gramakirchen zeigte sich von seiner schönsten Seite. Golden angestrahlt von der sanften Frühlingssonne verschmolzen die Häuser der kleinen Ortschaft harmonisch mit den hell- und dunkelbraun gestreiften Äckern und saftigen Wiesen, unterbrochen von Waldstücken in einer breiten Palette an Grüntönen. Als kitschige Abrundung der Szenerie schlängelte sich die blau glitzernde Grama durch die leicht hügelige Landschaft der Umgebung und durch das Dorf, vorbei am Fußballplatz, was immer wieder zu ungewollten Ballverlusten führte, und am Feuerwehrhaus, was sehr praktisch für die Löschübungen war.

Nicht am idyllischen Bach, sondern an der Bundesstraße gelegen ist der Dorfgasthof, wo die Wirtin vor dem Eingang ihres *Goldenen Bocks* stand und mit dem schönen Wetter und dem neuen schmiedeeisernen Wirtshausschild mit seiner stattlichen Steinbocksilhouette um die Wette strahlte.

Hintereinander bogen ein kleiner Sportwagen und ein Mini auf den Wirtshausparkplatz und parkten sich nebeneinander unter der großen Linde ein. Friederike Gollinger-Holzinger und Maria Steininger entstiegen ihren beiden Flitzern und winkten der Wirtin zu.

„Schön, dass ihr's geschafft habt", begrüßte Renate Scheuringer ihre beiden Freundinnen herzlich.

„Danke, dass du dir die Zeit für uns nimmst", erwiderte Friederike Gollinger-Holzinger.

„Ich habe uns einen Winzersekt mitgenommen. Ist gekühlt!" Maria Steininger reichte der Wirtin die Flasche.

„Na dann kann es ja losgehen. Kommt rein in die gute Stube!"

Der *Goldene Bock* war leer, es war Montag, Ruhetag. Die Damenrunde begab sich zielstrebig in die Küche.

„Ihr könnt Eure Sachen da ablegen." Renate Scheuringer zeigte auf ein Pult neben der Türe. „Und nehmt euch die Schürzen, die ich hingelegt habe. Damit ihr euch nicht eure Designerkleidchen anpatzt!"

Die beiden Gäste legten folgsam die frisch gestärkten weißen Wirtshausschürzen an. Währenddessen öffnete die Wirtin den Winzersekt, füllte drei Sektflöten randvoll und reichte ihren Freundinnen die Gläser.

„Auf gutes Gelingen, meine Lieben!"

„Auf gutes Gelingen", antwortete Maria Steininger. „Unter deiner fachlichen Anleitung mache ich mir keine Sorgen. Aber du musst wirklich ganz von vorne anfangen mit deinen Erklärungen. Ich habe gar keine Ahnung, wie man so ein Sauerkraut kocht!"

„Fermentiert, Mitzi. Nicht kocht. Kommt her, ich habe schon alles vorbereitet!" Sie führte ihre Freundinnen zu einem Edelstahlpult, auf dem drei große Krauthäuptel und drei nicht minder große, glänzende

Küchenmesser auf drei Schneidbrettern akkurat nebeneinander ausgerichtet lagen.

Friederike Gollinger-Holzinger ergriff das bereit gelegte Messer und hob es theatralisch und hochmotiviert über ihren Krauthäuptel.

„Halt, Fritzi! Ich hole noch die restlichen Zutaten, und dann bekommt ihr eine Einführung in die Welt des Haltbarmachens", lachte die Wirtin. „Die Mitzi will es schließlich immer genau wissen."

Renate Scheuringer holte ein kleines Tablett hervor, auf dem sie Salz und Gewürze vorbereitet hatte. Dann brachte sie noch drei Schüsseln und drei große Gläser und platzierte alles feinsäuberlich neben den Schneidbrettern.

„Das ist dann eigentlich auch schon alles. Viel braucht man nicht zum Fermentieren. Die äußeren Blätter und den Strunk habe ich schon entfernt. Also könnt ihr eure Happel jetzt gleich in kleine Streifen schneiden!"

Die Messer flogen unter dem wachsamen Blick von Renate Scheuringer im Takt über die Schneidbretter.

„Jetzt gebt ihr das Kraut in die Schüssel und vermengt es mit dem Meersalz, das sind jeweils zirka 20 Gramm. Ihr müsst das Kraut ordentlich kneten, damit der eigene Saft austritt. Den brauchen wir zur Fermentation."

Die Wirtin inspizierte die Arbeit ihrer Schülerinnen.

„Ja, genau. Ihr könnt jetzt nach Belieben Kümmel, Nelken oder Wacholderbeeren dazu geben. Aber nicht übertreiben! Sehr gut. Jetzt kommt das ganze ins Glas. Und zwar Schicht für Schicht."

Sie zeigte vor, wie sie jede Schicht festdrückte und alles mit Salzlake bedeckte.

„So, und zum Schluss beschweren wir das Ganze mit diesen Fermentationsgewichten, damit nichts aufschwimmt und schimmelig wird!"

Sie verteilte die speziellen Glasgewichte, und alle platzierten diese vorsichtig in ihren Gläsern.

„So, jetzt noch die Deckel drauf, aber bitte so, dass noch Luft dazukommen kann, und dann brauchen wir nur noch ein wenig Geduld. Aber zuerst trinken wir auf den erfolgreichen ersten Schritt!"

Renate Scheuringer schenkte ihren Freundinnen nach und sie prosteten sich zu, dann fuhr sie mit ihren interessanten Erläuterungen fort.

„Wir lassen die Gläser mit dem Kraut jetzt eine Woche bei Raumtemperatur stehen. Damit die Bakterien ihre Arbeit aufnehmen können. Die stattfindende Umwandlung führt zu dem typischen Geschmack und macht die Lebensmittel länger haltbar."

Die beiden Fermentierkursteilnehmerinnen folgten aufmerksam den fachkundigen Erläuterungen.

„Nach diesem Prozess kommen die Gläser nochmals eine Woche in den Kühlschrank. Und dann treffen wir uns wieder zum Kosten!"

Verkaufsfahrt

Ein kalter böiger Nordwestwind, ein hoffentlich letzter Gruß des vergangenen Winters, fegte über die große Asphaltwüste des Busparkplatzes, auf dem einsam auf weiter Flur ein einzelner, moderner Reisebus stand. Neben der offenen Schwenktüre stand der Chauffeur, in schmuddeligem khakifarbenem Blouson und einer beigen Jogginghose, selbstverständlich rauchend und ein wenig grantig dreinblickend, im Gespräch mit einem zweiten Mann, ebenfalls rauchend, aber mit blitzblauem Slim-Fit-Anzug, schmaler Krawatte, zurückgegeltem Haar und einem Dauergrinsen im Gesicht, Marke „Heizdecken-Verkäufer", was wohl daran lag, dass das tatsächlich sein Job war.

„Sonderfahrt" stand in leuchtend roten Lettern auf der Fahrtrichtungs-Anzeige des Reisebusses. Und auf der Windschutzscheibe klebte innen ein Zettel mit der Aufschrift „Verkaufsfahrt Porzellan".

In etwa im Minutentakt schnauften ältere Damen über den großen Platz auf den Bus zu, sich vor dem Wind schützend, indem sie ihre Jacke am Revers oder im Falle einer Kopfbedeckung diese festhielten. Jede Einzelne wurde vom Verkäufer herzlich begrüßt und vom Chauffeur geflissentlich ignoriert.

Der Busfahrer blickte gelangweilt auf seine Uhr, sah, dass Zeit zum Abfahren war, beschloss aber dann noch eine zu rauchen, was ein Glück für die letzte heranschnaufende Dame war, die sich ein wenig außer Atem und eine Entschuldigung murmelnd schnell die Treppen des Busses hochzog.

„Ist da noch frei?"
„Ja, bitte schön."
Herta Haberfellner wuchtete sich in den Gangsitz des Reisebusses.
„Ich kenne sie von wo."
„Bitte?"
„Ich kenne sie von wo. Wir sind uns schon einmal begegnet!"
Erika Smetana versuchte sich ihrer neuen Sitznachbarin zuzudrehen, was sich aufgrund der nunmehrigen Enge ihres Fensterplatzes als aussichtloses Unterfangen erwies.
„Jetzt habe ich sie nicht richtig gesehen, weil ich das Prospekt studiert habe. Aber sie haben recht: Ihre Stimme kommt mir bekannt vor!"
„Waren sie vielleicht beim letzten Mal bei den Schüßler-Salzen dabei?"
„Nein, leider – da waren meine Enkel zu Besuch. Da wäre ich gerne dabei gewesen! Wie war die Fahrt?"
„Sehr informativ. Da haben Sie wirklich etwas versäumt! Ich fühle mich wie ein neuer Mensch, seit ich die Salze täglich nehme."

Herta Haberfellner kramte in ihrer Handtasche herum, was aufgrund der Körperfülle der beiden Busreisenden ein eher schwieriges Unterfangen war.

„Da: Nummer 9. Natrium phosphoricum, das ist gut für den Stoffwechsel. Die habe ich immer dabei. Wollen sie eine Tablette?"

„Danke, vielleicht später!"

Erika Smetana versuchte sich den Sicherheitsgurt anzulegen, nestelte umständlich im Spalt zwischen den beiden Sitzen herum und schnaufte angestrengt.

„Ach, lassen sie's. Wir zwei stecken hier so fest drinnen. Da brauchen sie sich nicht auch noch anschnallen!"

Herta Haberfellner war über das Herumfummeln an ihrem Oberschenkel ganz offensichtlich nicht begeistert.

„Aber wenn sie nicht bei den Schüßler-Salzen dabei waren, woher kennen wir uns dann?"

„Waren sie beim Grander-Wasser?"

„Letzten Herbst in Bad Ischl?"

„Ja, wo es zu jedem 4er Karton einen Mini-Zauner-Stollen gratis gegeben hat! Die habe ich dann meinen Lieben zu allen vier Adventjausen kredenzt."

„Natürlich! Sie haben mir damals doch fast die letzte Original-Karaffe weggeschnappt. Aber die nette Dame von Grander hat dann doch noch eine für mich gefunden!"

„Jesus, Maria. Das waren sie! Ich habe Ihnen meine aber angeboten. Ich hätte stattdessen die Halbliter-

Karaffe genommen. Wäre eigentlich eh besser gewesen, mir allein ist die Liter-Karaffe eh zu groß."

„Wir alleinstehenden älteren Damen brauchen ja nicht mehr so viel!"

„Sie sagen's!"

„Freut mich, dass wir uns heute wieder sehen."

„Ja, so ein netter Zufall."

Die Türen des Reisebusses schlossen mit dem typischen Zischgeräusch.

„Gott sei Dank geht es endlich los. Waren sie schon einmal bei den Porzellanfiguren?"

„Ich glaube, der Chauffeur hat nur zugemacht, damit es nicht so kalt reinzieht. Es ist noch eine Viertelstunde. Porzellanfiguren? Nein, das ist mein erstes Mal. Sie?"

„Acht Mal! Ich bin eine leidenschaftliche Sammlerin."

„Dann müssen sie mir dann Tipps geben!"

„Gerne. Übrigens ich glaube wir können du sagen: Erika."

„Herta. Sag', von wo kommst du eigentlich, Erika?"

„Ich komme aus Groß-Niederau. Aber ich wohne seit meiner Hochzeit in Markt Hinterstätten. 49 Jahre schon!"

„Eine Hinterstättnerin! Dann kann man ja bald zu 50 Jahren Eheglück gratulieren."

„Das muss ich allein feiern. Der Meinige ist leider schon kurz nach der silbernen Hochzeit von uns gegangen!"

Herta Haberfellner räusperte sich betreten und suchte nach Worten.

„Entschuldigung, das tut mir leid. Ich habe gedacht, weil sie..., weil du von der Hochzeit gesprochen hast. Ich bin auch schon lange eine Witfrau. 12 Jahre sind es jetzt. Die Männer müssen alle viel zu früh gehen."

„Ja, da hast du recht. Und wir bleiben über."

Die Sitznachbarinnen verharrten kurz in ihren Gedanken. Erika Smetana seufzte. Herta Haberfellner kramte in ihrer Handtasche und nahm ein Döschen Schüßler-Salze zur Hand.

„Kalium phosphoricum. Nummer 5. Gut für die Nerven. Willst du jetzt eine Tablette?"

Erika Smetana hielt der Nachbarin ihre Hand hin.

„Danke. Das könnte ich öfter brauchen! Und sag, von wo kommst du?

„Ich wohne hier gleich ums Eck in Waidmannsberg. Wahrscheinlich fahre ich deshalb so oft mit dem Bus wohin! Damit ich ein wenig herauskomme aus meinem Nest. Und ich finde mir auch meistens etwas Schönes."

„Ich auch. Es sind immer wieder schöne Sachen dabei. Entweder für einen selbst oder als Geschenk!"

„In dieser Reihenfolge!"

Herta Haberfellner stieß ihre Sitznachbarin kumpelhaft mit dem Ellbogen, und die beiden älteren Damen lachten verschwörerisch.

„Alles muss man den Kindern nicht geben. Denen geht es doch sowieso so gut heutzutage. Und ein bisschen etwas dürfen wir uns auch gönnen! Wir haben schließlich unser ganzes Leben lang hart gearbeitet und waren immer nur für die anderen da."

„Sie haben ja so recht. Ach, entschuldige! Stimmt genau, Erika. Uns bleibt doch nicht viel an Vergnügungen. Da dürfen wir uns schon ein wenig verwöhnen. Und bei den Busfahrten treffe ich meistens noch so nette Leute wie dich. Da kann man sich austauschen!"

„Ja, sonst sitzen wir allein zuhause und starren die Decke an. Und die Kreuzworträtsel sind auch immer dasselbe. Ägyptischer Sonnengott mit zwei Buchstaben."

„Ra. Adriainsel mit drei Buchstaben!"

„Krk!"

„Pag!"

„Rab!"

„Vis"

„Ist!"

„Ist?"

„Ist. Keine Ahnung, wo die ist." Sie lachten.

„Uns tut es wirklich gut unter Leute zu kommen!"

„Und wir bekommen gratis eine gute Kaffeejause!"

Der Chauffeur startete den Motor.

„Wo fahren wir denn heute eigentlich hin?"

„Nach Gramakirchen in den *Goldenen Bock*! Warst du dort schon einmal?"

„Gramakirchen kenne ich. Aber den *Goldenen Bock* nicht."

„Die Wirtin dort macht die besten Topfenknödel, nach ihrem uralten Familien-Geheimrezept! Hoffentlich gibt es heute wieder welche. Ich sag's dir, die Knödel – ein Traum!"

„1, 2. 1, 2, 3. Hallo, kann mich jeder hören?"

Eine Rückkoppelung schoss schrill durch den Reisebus und Erika Smetana hielt sich ein wenig theatralisch die Ohren zu.

„Das ist ja der, der ...!"

„Wer?"

„Der Dampfdruckkochtopf-Verkäufer! Was macht der bei den Porzellanfiguren? Da ist doch immer ein anderer, der nette Herr Reznicek."

„Wer?"

„Der Reznicek. Ein reizender Mensch. Und eine Koryphäe bei Porzellanfiguren. Der hat selbst eine große Sammlung Hummel-Figuren!"

„Sehr verehrte Damen und Herren, ich darf Sie herzlich zu unserer Verkaufsfahrt an Bord des modernen klimatisierten Reisebusses der Firma *Fußharz-Reisen* begrüßen! Nach dem Motto: Vom Äquator bis zum Pol und weiter, Fußharz ist ihr Reisebegleiter! Mein Name ist Klaus-Jürgen Schleinzer, und ich darf Sie heute ins schöne Gramakirchen begleiten, wo..."

„Der heißt aber nicht Reznicek?!"

Erika Smetana sah Herta Haberfellner fragend an.

„Ach Gott! Ich habe mich auf eine Fahrt mit dem Herrn Reznicek gefreut, und ich hätte so viele Fragen zu seiner Hummel-Figurensammlung gehabt! Und jetzt fährt er nicht mit."

Herta Haberfellner schaute enttäuscht in die Richtung des jungen Verkäufers, zauberte nervös eines ihrer

Schüßler-Salze-Döschen aus der Handtasche und schüttete sich eine Handvoll Tabletten in den Mund.

„Wobei helfen die?", fragte Erika Smetana leicht irritiert.

„Was weiß ich!"

Herta Haberfellner blickte auf ihr Döschen.

„Nummer 10. Jesus, Maria!"

„Was ist denn damit? Hast du etwas Falsches genommen?"

„Natrium sulfuricum. Gut für die Ausscheidung."

„Ist ja nicht weit nach Gramakirchen!" Erika Smetana zwinkerte ihrer Sitznachbarin beruhigend zu.

1. SC Veggieversum Gramakirchen

Das überdimensionale Schild mit dem neuen Vereinslogo prangte stolz am Tribünendach und glänzte hell in der Sonne. Ein perfekter Tag für das Freundschaftsmatch zur offiziellen Präsentation des neuen Sponsors des Landesligisten.

Gramakirchen hatte im Sog seines jungen kosovarischen Goalgetters den historischen Aufstieg geschafft und war topmotiviert in die erste Landesliga-Saison gestartet.
Schnell wurde der ambitionierte Dorfclub aber von der harten Fußball-Realität eingeholt. Der vermeintlich kleine Schritt in die nächste Spielklasse entpuppte sich als Quantensprung in eine neue Dimension mit verschärften Spielregeln abseits des Platzes: saftige Spielerprämien und hohe Transfersummen für Zukäufe, weitere Anfahrtswege zu den Auswärtsspielen, aufwendige Trainingslager und neue Auflagen für den Platz bereiteten dem Vereinsvorstand Kopfzerbrechen. Und auch der anfangs so euphorische Mäzen Josef Graminger musste sich nach einer durchwachsenen ersten Saison eingestehen, dass die Graminger Bau mit den Sponsoring-Budgets der Landesliga-Konkurrenz nicht lange mithalten können würde.

Dass die Rettung in der zweiten und wenn es so weiterginge letzten Landesligasaison in der Person des Dorffleischhauers Walter Dörflinger kommen würde, war wohl noch unerwarteter gekommen als die Probleme in der neuen Liga.

Walter Dörflinger war der neue Shootingstar des Fleischersatzes. Seine Karriere hatte ebenfalls einen Quantensprung gemacht, oder vielmehr hatte er sich quasi durch ein innovatives Wurmloch aus seiner wirtschaftlich angeschlagenen Fleisch-Welt in das boomende Universum der vegetarischen und veganen Ernährung gebeamt: in sein *„Veggieversum"*!

Die heimischen Handelsriesen rissen sich um ihn und seine innovativen Produkte, die perfekt den Zeitgeist trafen. Seine fleischlosen Würstelkreationen, Fleisch- und Wurstersatzwaren gingen wie die sprichwörtlichen warmen Semmeln über den Ladentisch. Vor allem seine veganen Leberknödel, kreativ und schmackhaft hergestellt aus Kidneybohnen, Räuchertofu, Zwiebeln, Majoran sowie weiteren Gewürzen nach Geschmack und natürlich auch Semmelbröseln, waren ein absoluter Verkaufsschlager und kürzlich sogar zum internationalen Exporthit geworden.
Man arbeitete bereits mit Hochdruck an der Ausweitung der Produktionskapazitäten; auch eine eigene Kidneybohnenproduktion wurde firmenintern evaluiert, um sich von den stark schwankenden Einkaufspreisen am Weltmarkt unabhängig zu machen.

Und ein stilisierter veganer Leberknödel zierte nun auch das Stadion des 1. SC Gramakirchen: umkreist von vegetarischen Knack- und Weißwurstsatelliten bildet er die zentrale Bildmarke des *Veggieversum*-Logos.

Somit trug nun auch jeder Spieler des 1.SC einen Leberknödel-Planeten am Rücken, als beigebraunen Hintergrund einer bei den Heimdressen tief Ketchup-roten Spielernummer. Die Nummern der Auswärtsdressen sind in Senf-Gelb gehalten. Eine dritte Garnitur in Mayonnaise-Weiß war ursprünglich zur Abrundung des Konzeptes auch im Gespräch, allerdings hatte der neue Marketing-Direktor der *Veggieversum* GmbH berechtigterweise eingewandt, dass das relativ neutrale Weiß den Geschmack der veganen Mayonnaise nie so appetitlich visuell widerspiegeln würde wie die Senf-gelben und Ketchup-roten Ziffern die damit assoziierten Produkte.

Auch wenn einige Spieler die zu erwartenden Witze der gegnerischen Spieler schon mehr fürchteten als deren spielerisches Können, war der neue Sponsoring-Vertrag alternativenlos und kam gerade noch rechtzeitig um nach einer desaströsen Herbstrunde für die Frühlingssaison die notwendige Verstärkung für die Schwachstellen in Verteidigung, Mittelfeld und Angriff zukaufen zu können. Einzig der heimische Tormann war immer schon ein Talent und hatte bislang noch größeren Schaden von seiner Mannschaft abwenden können.

Walter Dörflinger selbst hatte schon in der Jugend des
1.SC gespielt und war schon immer ein treuer Fan
seines Vereins, auch wenn er selbst den Sprung in die
Kampfmannschaft nie geschafft hatte. Sportlichen
Höchstleistungen stand sein schon damals
ausgeprägter Hang zu leiblichen Genüssen im Wege.

Mit der stattlichen Fülle des Ergebnisses jahrelanger
fleischlicher und sonstiger Genüsse stand der nunmehr
vegane Mäzen auf der Mittelauflage des Spielfeldes
und strahlte mit seinem riesigen Firmenschild um die
Wette.

„Der Leberknödel ist irgendwie universell, meinst du
nicht, Josef?"

Josef Graminger war überhaupt nicht in der Stimmung,
irgendetwas Gutes an dem neuen Schild, das jenes der
Graminger Bau, das mehr als 20 Jahre lang das von
ebendieser errichtete Tribünendach geziert hatte, zu
finden. Aber weder wollte er sich etwas von der
Erniedrigung, die er gerade empfand, anmerken lassen,
noch wollte er seinem alten Freund die Freude
verderben.

„Na, es muss ja universell sein, schließlich steht es für
dein Universum!"

„Natürlich, aber das meine ich gar nicht", entgegnete
der stolze Ex-Fleischhauer. „Man könnte es darüber
hinaus als braunen Fußball interpretieren. Weißt du:
ein Knödel und ein Fußball in einem – beide Welten
vereinend, als würde sich ein Kreis schließen!"

Das war dem Baumeister, dessen Firmenlogo aus
einem Kran, der aus dem G von Graminger

herauswuchs und einen das J von Josef bildenden Haken hob, bestand, dann doch zu viel, also hob er – um nicht weiter über das Leberknödel-Logo philosophieren zu müssen – seine Bierflasche, stieß wortlos mit seinem Nachfolger als Vereinspräsident an und nahm einen großen, langen Schluck.

„Die Satelliten bilden einen Mittelkreis um den Ball, um den sich alles dreht!" Der langgediente Platzsprecher hatte die letzten Wortfetzen aufgeschnappt, trat mit seiner verbalen Logo-Interpretation zu den beiden Würdenträgern seines Vereins und stieß zur Begrüßung mit ihnen an.

„Dabei hatten wir bei der Logo-Entwicklung gar nicht an derartige erweiterte Anwendungen gedacht," erwiderte der neue Sponsor hörbar begeistert von den sich auftuenden endlosen Möglichkeiten im Rahmen seiner künftigen Marketingaktivitäten und strategischen Visionen.

„Walter, die Reporter sind eingetroffen", informierte der Platzsprecher diensteifrig. „Und die Fotografen möchte das gute Licht ausnutzen und vor der Pressekonferenz noch schnell ein paar Fotos mit dir machen. Mit der Tribüne und dem Logo im Hintergrund, und vielleicht eines, wo du einen Elfer schießt …"

„Josef, du entschuldigst", wandte sich Walter Dörflinger kurz um, und schon gingen die Beiden schnellen Schrittes zur Tribüne und ließen den alten ausgedienten Sponsor allein am Rasen zurück.

Der Baumeister nahm den auf der Mittelauflage bereit liegenden Fußball und versuchte zu gaberln: links – rechts – rechts – mit dem linken Knie – rechter Oberschenkel – links – links – links. Zufrieden mit seiner Leistung legte er den Ball zurück an seinen Platz und verließ nachdenklich das Fußballfeld.

Porzellanfiguren-Verkaufsvorführung

Der schnittige Reisebus, beide Seiten komplett überzogen von einer riesigen Weltkarte mit einem wolkigen Äquatorband als Hintergrund der regenbogenfarbenen Aufschrift *Fußharz-Reisen* bog von der Bundesstraße auf den kleinen Parkplatz neben dem *Goldenen Bock* und parkte sich gekonnt entlang der Giebelmauer des Gramakirchner Dorfwirtshauses ein. Die beiden Bustüren schwenkten langsam auf, und kaum waren diese einen Spalt breit geöffnet, sprang Herta Haberfellner die Stufen hinunter wie eine junge Gazelle, gefolgt von der etwas weniger grazilen, aber umso gehetzteren Erika Smetana.

In Erwartung der Teilnehmer der Verkaufsfahrt stand Renate Scheuringer an ihrem angestammten Platz vor dem Eingang des *Goldenen Bock* und damit den beiden von Schüssler Salze Nummer 10 geplagten Damen im Weg.
„Wo geht's da zum Klo?", rief ihr Herta Haberfellner als Begrüßung zu. Und Erika Smetana schnaufte sich, ihrer Sitznachbarin auf den Fersen, grußlos die Bahn frei und stieß die Wirtin unsanft zur Seite.
Die Wirtin hatte Glück, dass im Moment unüblich wenig Verkehr auf der Bundesstraße war, sonst hätte sie sich zwischen der Kollision mit einem Lastwagen

oder mit Erika Smetana entscheiden müssen, eine wahrlich nicht einfache Wahl. Und gerade als sie sich wieder – noch ein wenig perplex von der ungestümen Ankunft der beiden älteren Damen – zurück auf ihren sicheren Platz am Gehsteig gerettet hatte, kippte sie fast wieder auf die Fahrbahn, aus dem Gleichgewicht gebracht durch einen wuchtigen, unerwarteten Schlag auf ihre Schulter.

„Grüß Gott, Frau Wirtin!", rief der Schulterklopfer ihr zu, während er sie gleichzeitig mit seiner anderen Hand vor einem neuerlichen Sturz von der Bordsteinkante bewahrte. „Hoppla, Entschuldigung! Was für ein stürmischer Auftritt. Verzeihen Sie, gnädige Frau!"

Renate Scheuringer starrte den Neuankömmling erstaunt an.

„Meine Verehrung." Und nach einer Pause, in der keine Reaktion gekommen war: „Schleinzer, *Fußharz-Reisen*! Frau Wirtin erinnern sich nicht?"

Renate Scheuringer war immer noch zu überrumpelt, um zu antworten und blickte ihn fragend an.

„Die Dampfdruckkochtopf-Koryphäe!"

Er versuchte einen möglichst kompetent wirkenden Gesichtsausdruck aufzusetzen.

„Ach ja, Herr Hans-Dieter?", entfuhr es der verdatterten Wirtin.

„Richtig! Also um genau zu sein: Klaus-Jürgen", erwiderte der Verkäufer schmunzelnd.

„Ach ja: Klaus-Jürgen. Verzeihung!", stotterte Renate Scheuringer. „Willkommen im *Goldenen Bock*. Bitte kommen Sie weiter."

Sie führte Klaus-Jürgen Schleinzer mit der hinter ihm aufgereihten restlichen Gruppe der Busgesellschaft in den Vorraum und weiter in das Extrastüberl.

„Kommt heute nicht der Herr Reznicek?", wandte sich die mittlerweile wieder gefasster wirkende Wirtin and den Verkäufer. „Der macht doch immer die Porzellanfiguren."

„Der Karl ist verhindert. Deshalb springe ich heute für ihn ein. Obwohl...", er beugte sich zu Renate Scheuringer und flüsterte ihr unter vorgehaltener Hand zu: „Obwohl ich absolut keine Ahnung von Porzellanfiguren habe."

Er zwinkerte verschwörerisch und ein wenig zu anzüglich, wie die Wirtin fand.

Sie hatte sich auf den charmanten Herrn Reznicek gefreut. Hans-Dieter, Klaus-Jürgen oder so hatte sie als eher mühsamen und etwas geschwätzigen Typen in nicht gerade bester Erinnerung. Gerade heute hatte sie extra dem Herrn Reznicek zu Liebe eine Überraschung für die Teilnehmer der Verkaufsfahrt vorbereitet: ihre Topfenknödel nach altem Geheimrezept ihrer Urgroßmutter mütterlicherseits als Nachspeise. Ihre Urgroßmutter stammte aus einem mährischen Dorf südlich von Brünn, dem Nabel der Süßspeisenwelt, wie Renates Mutter zu sagen pflegte. Vor allem, was Knedliky anbelangt – also tschechische Knödel aller Art. Und für die hat sie am Vormittag den Teig gemacht, weil der Herr Reznicek letztens so geschwelgt hatte als sie ihm welche zum Kosten gegeben hatte.

„Und jetzt kommt stattdessen dieser Hans-Jürgen daher! Aber wegschmeißen kann ich den guten Teig jetzt schließlich auch nicht."

Sie seufzte tief und ging in die Küche.

„Ich bin sehr gespannt, welche Sonder-Figur heute präsentiert wird!" Erika Smetana wirkte richtig aufgeregt.

„Was gibt es denn da so? Jetzt musst du mich aber wirklich einweihen." Herta Haberfellner lachte ein wenig verunsichert. „Ich bin ja eine Porzellanfiguren-Laiin!"

„Die meisten Sammler haben ihr eigenes Thema: Eulen oder Schildkröten sind zum Beispiel sehr beliebt. Oder Hunde." Die Expertin teilte stolz ihr Fachwissen. „Und natürlich Engerl! Engerl mit Harfen und Geigen, oder mit einer Ziehharmonika. Und mit Viecherln: ein Engerl, das einen Hasen streichelt, oder ein Engerl mit einem Vogerl auf der Schulter ..."

„Und du sammelst also Engerl", fiel ihr die Laiin enthusiastisch ins Wort.

„Ach wo! Ich mag diese kitschigen Engel nicht", wies Erika Smetana die von ihrer unwissenden Zuhörerin geäußerte Vermutung brüsk zurück. „Mein Sammlungsschwerpunkt sind Ballerinas! Hübsche Tänzerinnen in ihren kleinen, zarten Tutus, und in den unterschiedlichsten Posen: Plié, Retiré, Penché, ...", zählte sie stakkatoartig verschiedenste klassische Ballettpositionen auf.

„Was du alles weißt", hauchte Herta Haberfellner ehrfurchtsvoll.

„Und Pierrots!"

„Und was?"

„Pierrots. Meine geheime Leidenschaft gilt den Pierrots." Sie genoss die Dramaturgie des Augenblicks.

„Sind das so kleine Vogerl?"

„Ach geh, Vogerl!" Erika Smetana schüttelte den Kopf. „Ein Pierrot ist kein Wellensittich. Ein Pierrot ist ein trauriger Clown! Mit einem hübschen weißen Gesicht und traurigen schwarzen Augen", kam sie ins Schwärmen. „Schau, ich zeige dir ein paar Bilder von meinen Lieblingen!"

„Chioooiiiiiichiiioooochchchch!"

Die beiden Damen zuckten zusammen.

„1, 2! Chioooiiiiiichiiioooochchchch!"

Die Rückkoppelung der Tonanlage fuhr den Teilnehmern der Verkaufsfahrt durch Mark und Bein.

„1, 2! Chioooiiiiiichiiioooochchchch! Verzeihung!"

Klaus-Jürgen Schleinzer hämmerte wahllos auf den Knöpfen des kleinen Mischpultes herum.

„Chioooiiiiiichiiioooochchchch!"

Renate Scheuringer eilte zu Hilfe, drehte den Lautstärkeregler zurück, und der grelle Ton verstummte augenblicklich.

„Na, bitte! Wer sagt's denn?" Der Reisebegleiter lächelte stolz in die Runde als hätte er eben selbst die Situation gerettet.

„Ich darf Sie nochmals herzlich willkommen heißen zu unserer heutigen Verkaufsfahrt ins schöne Gramakirchen!" Er wartete theatralisch ein wenig auf sich nicht einstellenden Applaus.

„Vielen Dank! Vielen Dank, dass Sie heute hier dabei sind! Vielen Dank auch an unsere Gastgeberin, die hübsche Wirtin vom *Goldenen Bock*!"

Nun kam der Applaus, was wiederum Renate Scheuringer gar nicht recht war. Durch diesen schmierigen Typen vor einer Gesellschaft lauter Fremder plötzlich in den Mittelpunkt gestellt zu werden, mochte sie gar nicht.

„Griaß' di, Renate!"

Die Wirtin drehte sich überrascht um.

„Albulena!", antwortete sie erfreut darüber ein vertrautes Gesicht zu sehen. „Griaß' di! Ja, was machst du denn da?"

„Ich habe im Bezirksblatt gelesen, dass heute eine Verkaufsveranstaltung für Porzellanfiguren bei Euch stattfindet. Und ich bin ja eine leidenschaftliche Sammlerin", erklärte Albulena, die noch recht frisch gebackene Frau des Sparvereinsobmannes und hiesigen Raiffeisenkassen-Filialleiters Ludwig Piringer. „Der Ludwig hat ganz schön gestöhnt, als wir meine Sammlung aus dem Kosovo hergebracht haben!"

Renate Scheuringer schmunzelte.

„Na, dann hoffe ich, dass heute etwas Hübsches für dich dabei ist!"

„Du ich schau nur", erwiderte die junge Frau Piringer. „Ich darf echt nichts mehr dazukaufen. Das kann ich meinem Ludwig nicht antun!"

Nach schier endlosen Ausführungen über die Magie des Porzellanfigurensammelns erschien die Wirtin wieder in der Türe des Extrazimmers. Sie winkte dem monologisierenden Reisebegleiter zu und deutete unmissverständlich auf die Uhr an ihrem Handgelenk.

„Und nun, meine sehr verehrten Damen und Herren! Genug für's Erste von der faszinierenden Welt der Porzellanfiguren. Kommen wir zum kulinarischen Teil unseres Ausfluges!" Er blickte zur Wirtin. „Frau Scheuringer, darf ich Sie bitten uns mit dem heutigen Menü zu verwöhnen? Die Firma *Fußharz-Reisen* freut sich Sie, verehrte Damen und Herren, einzuladen auf eine Rinder Consommé mit traditioneller Einlage, oder wie man in Gramakirchen so schön sagt, eine Frittatensuppe …". Kurze Pause in Erwartung nicht einsetzen wollender Lacher. „Gefolgt von einem Wiener Schnitzel mit Reis und Preiselbeeren! Ein antialkoholisches Getränk geht ebenso auf unsere Rechnung. Weitere Softdrinks sowie alkoholische Getränke oder Kaffee sind bitte selbst zu bezahlen. Ich wünsche allseits guten Appetit!"

„Sehr informativ war das. Ich finde, dass er uns sehr gut in die Welt der Porzellanfiguren eingeführt hat. Wirklich wahr. Ich sollte glaube ich auch eine Sammlung anfangen!"

Herta Haberfellner sah ganz verzückt zu ihrer Tischnachbarin, die ihre Frittaten gerade so geräuschvoll vom Suppenlöffel schlürfte, dass man sich die Rückkopplung von vorhin zurückwünschte.

„Naja, wie man's nimmt", grummelte Erika Smetana, nachdem sie die letzten Frittaten eingesaugt hatte. „Er hat nichts über die wichtigen Qualitätsmerkmale von hochwertigen Figuren gesagt, und auch sonst ist er sehr an der Oberfläche geblieben. Ich glaube nicht, dass er sich nur annähernd so gut auskennt wie der Herr Reznicek. Und zur heutigen Sonder-Figur hat er auch noch gar nichts gesagt. Ich kann mich überhaupt nicht auf das gute Essen konzentrieren, weil ich so nervös bin, welche heute präsentiert wird."

„Was meinst du, was für ein Thema soll ich wählen?", entgegnete Herta Haberfellner ihrer Euphorie geschuldet ein wenig unempathisch. „Ich schwanke zwischen Dackeln und Affen. Oder doch Vogerl? Affen werden vielleicht schnell fad. Aber Vogerl gibt es so viele verschiedene. Wobei ich Dackel sehr gern habe."

„Kann ich ein Ketchup haben statt Preiselbeeren? Und einen Pfiff Gramakirchner, bitte", ignorierte jetzt Erika Smetana die essenziellen Fragen und widmete sich wichtigeren Dingen.

Der Hauptgang war vorbei, die meisten Gäste hatten sich Erleichterung verschafft und Klaus-Jürgen Schleinzer klopfte auf das Mikrofon um sich für den zweiten Teil der Vorführung, der Präsentation der heutigen Sonder-Figur und der anschließenden Annahme der obligatorischen Bestellungen Gehör zu verschaffen. Da betrat Renate Scheuringer den Raum und schnappte sich das Mikrofon.

„Liebe Gäste, ich hoffe, es hat Ihnen geschmeckt. Ich habe heute noch eine kleine Überraschung für Sie vorbereitet!"

Erika Smetana rutschte aufgeregt auf ihrem Stuhl herum.

„Was ist jetzt? Gerade wollte er die Sonder-Figur präsentieren", flüsterte sie etwas aufgebracht ihrer Tischnachbarin zu.

Auch der Reisebegleiter schien durch den unerwarteten Auftritt der Wirtin aus dem Konzept gebracht.

„Wir dürfen Sie heute zur Feier des Tages noch auf eine Nachspeise einladen. Ich habe meine Topfenknödel nach altem Familien-Geheimrezept extra für Sie vorbereitet. Und ich hoffe, dass sie Ihnen schmecken!" Die Kellnerinnen betraten auf's Stichwort und unter dem Applaus der Gäste das Extrastüberl und trugen die süße Köstlichkeit auf.

Erika Smetana schob ihren Teller zu Herta Haberfellner hinüber, ohne ihn angerührt zu haben.

„Nimm, wenn du magst. Ich kann jetzt nichts essen. Nicht, bevor ich weiß, welche Sonder-Figur heute kommt."

„Mhmm. Mhmmm!" Herta Haberfellner stöhnte vor Glück. „Erika, die musst du kosten! Erika, das sind die besten Topfenknödel, die ich in meinem ganzen Leben gegessen habe." Sie schob den Teller retour. „Probier'! Die sind einfach wunderbar, diese Knödel."

Erika Smetana nahm zögerlich die Gabel zur Hand und widerstrebend ein Stück Knödel in den Mund.

Schlagartig veränderte sich ihr Gesichtsausdruck. Von grantig über erstaunt in entzückt in einer zehntel Sekunde.

„Maria und Josef, sind die herrlich", entfuhr es ihr. „Die sind flaumig und nicht zu süß und ..." Sie rang nach Worten, um ihre Entzückung zu beschreiben. Ihr Blick traf sich mit jenem des Reisebegleiters, der selig in die Runde starrte. Er leckte sich ein wenig Zucker von der Oberlippe und grinste von einem Ohr zum anderen. Gleichzeitig versuchte er die letzten Krümel auf seinem Teller mit der Gabel zusammenzukratzen. Wäre er nicht beruflich hier, hätte er wohl den Teller abgeschleckt.

Die Gäste im Extrastüberl waren einhellig begeistert von der süßen Überraschung und überschütteten die Wirtin mit Lob.
Klaus-Jürgen Schleinzer fand auch irgendwann nach sehr ausschweifenden Lobesworten seinerseits wieder den Faden und nahm – immer noch dauergrinsend – das Mikrofon zur Hand, um mit dem Programm fortzufahren.
Zuerst wiederholte er nochmals audioverstärkt, wie großartig diese unerwartete Einladung der hübschen Frau Wirtin auf diese formidable Nachspeisensensation nicht gewesen wäre, um dann endlich zur Präsentation der Sonder-Figur zu kommen, ausgerechnet einer limitierten Edition eines Pierrot-Pärchens! Eine weibliche Pierrot-Figur in weißem Kostüm, die einem männlichen Pierrot in schwarzem Kostüm tief in die Augen sah. Ein romantisches Stück Kunsthandwerk. Nicht ganz günstig, im Gegenteil, aber außergewöhnlich. Erika Smetana bestellte als

Erste, und ihre neue Freundin Herta Haberfellner folgte ihr auf dem Fuße.

Und nicht weit hinter den beiden Damen stand Albulena Piringer angestellt.

„Jetzt haben's mich aber erschreckt, Herr Schleinzer!"
Renate Scheuringer war tatsächlich zusammengezuckt, als der Reisebegleiter plötzlich in der Küche stand und ihr die Hand von hinten auf die Schulter legte.

„Was machen's denn da überhaupt? Die Gäste dürfen nicht in die Küche. Das ist von der Hygiene her nicht erlaubt", fuhr sie den Eindringling noch etwas perplex an.

„Ich bitte um Verzeihung, Frau Wirtin. Ich wollte Sie keinesfalls erschrecken", säuselte Klaus-Jürgen Schleinzer. „Aber Sie müssen mir das Rezept von ihren herrlichen Topfenknödeln verraten. Die sind ja zum Niederknien." Und er deutete ungelenk eine Geste des Hinkniens an.

„Nein, auf keinen Fall", erwiderte Renate Scheuringer schon wieder gefasst. „Und bitte, gehen Sie aus der Küche. Wegen der Hygiene."

„Ich schenke Ihnen ein Pierrot-Pärchen!"

„Nein hab' ich gesagt. Mein Familien-Rezept gebe ich niemanden."

Die Kellnerin steckte ihren Kopf durch das Ausgabefenster: „Die g'rösteteten Knödel für Tisch 5, Chefin?!"

Renate Scheuringer tippte sich an die Stirn.

„Entschuldige, Resi. Sind schon unterwegs!"

Sie ging rasch zum Herd, stellte eine Pfanne auf, goss Öl hinein, leerte vorbereitete, geschnittene Knödelstücke in die Pfanne, nahm ein Ei aus dem Kühlschrank, schlug es auf und verteilte es gekonnt über den Inhalt. So, jetzt noch der grüne Salat: sie drehte sich zur Gemüsevorbereitung.

„Was machen's denn immer noch da?" Sie hatte den lästigen Reisebegleiter schon wieder vergessen. „Bitte gehen Sie jetzt aus meiner Küche, aber dalli-dalli!"

Stammtisch

Johnny Scheuringer polierte die Gläser feinsäuberlich. Auch der neue Gläserspüler wurde seinen Ansprüchen nicht gerecht, trotz der gegenteiligen Beteuerungen des Großküchentechnik-Key-Accounters. Der Wirt hasste Kalkschlieren an Gläsern und das Polieren war daher Chefsache im *Goldenen Bock*. Grundsätzlich und vor einem Stammtischabend sowieso. Insgeheim war er ja froh, dass auch das neue Gerät die alten Schlieren hinterließ. Alleine vor dem Aufsperren in der Wirtsstube zu stehen und kontemplativ Glas für Glas zur Hand zu nehmen, zu polieren und ordentlich abzustellen war für den Wirten zum liebgewonnenen Ritual geworden.

Peter Gerl setzte sich an die Theke.
„Servus, Johnny! Ein Krügel bitte", wandte er sich an den Wirt hinter der Schank.
„Servus, Peter. Bist du heute der Erste?!", entgegnete dieser und stellte mit Bedacht das letzte glänzend polierte Glas zufrieden ins Regal.
„Schaut ganz so aus."

„Griaß' di, Johnny! Ein Zweites für mich!", kam es vom Eingang in die Gaststube.
„Servas, Josef!"

„Meine Verehrung, Herr Baumeister."

Josef Graminger setzte sich neben Peter Gerl.

„Servus, Peter. Bist du heute der Erste?!"

„Sieht so aus. Prost!"

„Prost, Herr Magister."

„Wie geht's dir?"

„Danke", erwiderte der Baumeister knapp. „Wie gehen die Geschäfte?"

„Danke der Nachfrage. Ich denke, die Steuerberatung ist so konjunkturresistent wie das Baugeschäft, oder?"

„Ich kann mich nicht beklagen. Außerdem laufe ich nicht mehr jedem Projekt nach. Mein Ego scheint nicht mehr alle Wettkämpfe gewinnen zu müssen."

Josef Graminger und Peter Gerl stießen in schweigender Übereinstimmung an und tranken beide ihr Gramakirchner Pils in einem Zug leer.

„Geh, Peter, bestellst du mir noch eines?", wandte sich der Baumeister im Aufstehen um und verließ die Gaststube. Der Steuerberater winkte dem Wirt mit seinem leeren Krügel und deutete eine Zwei an.

„Servus, Peter. Bist du heute der Erste?!"

„Oh, meine Verehrung Herr Bürgermeister! Ich habe dich gar nicht kommen gesehen", erwiderte der Steuerberater. „Ja, mehr oder weniger. Der Josef ist auch schon da, er ist nur kurz raus."

Johnny Scheuringer stellte drei frisch gezapfte Krügel auf die Theke.

„Danke, Johnny. Sehr aufmerksam", quittierte der Bürgermeister das zuvorkommende Service.

„Der Josef …" begann er an Peter Gerl gewandt.

„Was ist mit dem Josef, Ernstl?" Der angesprochene klopfte dem Bürgermeister jovial auf die Schulter und nahm sich ein Bier. „Prost, Herr Bürgermeister! Und Peter."

„Nix. Ich wollte nur fragen, wie es dir geht", entgegnete Ernst Holzinger leicht verlegen.

„Seit wann interessiert du dich denn für mein Wohlbefinden?"

„Servus, die Herren. Seid ihr die Ersten?", unterbrach Ludwig Piringer die Anwesenden.

„Griaß' di, Luigi!"

Der Filialleiter der örtlichen Raiffeisenbank und Obmann des im goldenen Bock beheimateten Sparvereins stellte sich zu den anderen an die Bar und signalisierte dem Wirt mit dem hochgereckten Zeigefinger seinen Wunsch nach einem Krügel Gramakirchner.

„Wie geht's dir, Josef?", wandte er sich an den Baumeister neben ihm.

„Was ist los mit euch? Wieso wollt ihr alle wissen, wie es mir geht?"

Die drei Stammtischfreunde schauten sich ein wenig betreten an.

„Griaß' eich!"

Alfred Pointinger betrat die Gaststube und winkte allgemein in die Runde.

„Servas, Alfred", begrüßte ihn der Baumeister. „Sag, kannst du mir vielleicht sagen, warum heute alle von mir wissen wollen, wie es mir geht?"

„Na, wahrscheinlich wegen dem Walter", entgegnete der Feuerwehrhauptmannstellvertreter offenherzig, was kurzfristig für leichte Bestürzung bei den anderen Anwesenden sorgte.

„Weil der Walter jetzt der neue große Sponsor vom 1. SC ist", fuhr der hauptberufliche Lehrer unbeirrt fort. „Und da machen wir uns eben Sorgen, dass du dir das zu Herzen nimmst." Er wandte sich an die Runde. „Ist doch so. Oder, meine Herren?"

Er erntete ein verhaltenes Grummeln des Bürgermeisters und des Sparvereinsobmanns.

„Genau, Josef", sprang ihm Peter Gerl bei. „Dafür, dass du den SC so lange treu unterstützt hast, bist du jetzt schon sehr sang- und klanglos abserviert worden. Das ist nicht ganz glücklich gelaufen."

„Und alles dreht sich nur mehr um den Walter und sein Veggieversum!", pflichtete Ludwig Piringer ihm bei.

„Wer hätte sich das gedacht, dass der Walter einmal zum Dorfkrösus aufsteigt?" Johnny Scheuringer schüttelte zur Bekräftigung seiner Worte den Kopf. „Und dann auch noch mit dem vegetarischen Zeug! Fleischersatz und so."

„Es ist noch nicht lange her, da hätten wir geglaubt, er muss bald seine Fleischhauerei zusperren, und er steht ohne etwas da!"

„Und jetzt hört man, dass er noch weiter expandieren will! Die Produktpalette soll erweitert werden, habe ich gehört."

„Eine vegane Kosmetiklinie will er angeblich auf den Markt bringen! Ein Fleischhauer! Das klingt doch wie ein schlechter Scherz, oder?"

„Mir geht das alles ein wenig zu schnell. Für so ein Wachstum braucht man ja ordentliche Investitionen!"

„Und du brauchst gute Leute, auf die du dich verlassen kannst."

Die Stammtischrunde war vereint in ihrer Skepsis.

„Er plant auch eine Süßwarenlinie, als Abrundung des vegetarischen Speiseplans", wusste der Wirt. „Er war zuletzt da und hat mit der Renate geredet. Er wollte ihr das Topfenknödel-Rezept abkaufen!"

„Das gibt sie aber doch hoffentlich nicht her!", rief Ernst Holzinger entrüstet.

„Keine Angst, Ernstl. Ich verkaufe doch nicht die Seele meiner Großmutter! Das Rezept bleibt mein wohlgehütetes Geheimnis."

Renate Scheuringer hatte soeben die Gaststube betreten und das Gespräch der treuen Stammtischrunde verfolgt.

„Und übrigens: Griaß' eich Gott, die Herren! Schön, dass ihr da seid. Darf ich euch noch eine Runde einschenken?"

Zustimmendes Nicken.

„Josef, wie geht's dir?"

„Danke, mir geht es gut. Um mich braucht sich niemand Sorgen zu machen!" Der Baumeister fühlte sich offenbar gar nicht wohl in der Opferrolle. „Ich grüble nur den ganzen Tag, was ich mit all dem Geld machen soll, das ich mir spare, weil ich den Fußballklub nicht mehr sponsern muss!"

Tourneeprobe

„Dem Krieger weissagt Kranz und Lohn der schmetternden Trompete Ton. Er eilt ins waffenvolle Feld und überwindet oder fällt. Er eilt, und dann belohnt den Edlen Ungestüm, wo nicht die Welt, der bess're Himmel ihn.

Fried' über Juda! Fried' und Sicherheit! Mich sendet Roma Senat, und trägt euch Bund und Freundschaft an. Wenn wider euch die Völker sich empören, dann wird Rom, die Herrscherin der Welt, euch Sieg und Ruh' erkämpfen. Die Stolzen beugt die Weltbezwingerin, und Unterdrückten hilft ihr Arm.

Dem Herrn gebührt der freudenreichste Dank, der je von der Erde zum Himmel drang.

Vom Himmel kehrt der Dank zur Erde wieder, preiswürdig ist er, unser Held und Freund! Besiegt ihn, Jünglinge, und ahmt ihm nach! Bekränzt, ihr Jungfrau'n, des Erob'rers Haupt! Und keiner sei zu kalt, sie zu erhöh'n, die Stärke, die uns half, die Macht, die uns beglückte, mit Sicherheit und Freiheit uns beglückte, mit ungestörter Ruh' und heiter'n Freuden.

Oh Friede, reich an Heil des Herrn! Oh süße, süße Ruh'! Wie sanft erquickest du. Wo sonst der Fuß des Kriegers trat, wallt lachend nun die gold'ne Saat. Statt des Trompeten Schalls ertöne nur, du Lobgesang der jauchzenden Natur.

In uns're Chöre mischt euch, ihr Reih'n der Cherubim und Seraphim harmonisch ein!" [1]

„Und jetzt der Schlusschor!"
Herbert Irdinger schwitze außen so sehr, wie er innerlich leuchtete. Er gestikulierte wild um den krönenden Abschluss des Oratoriums gebührend anzufeuern.

„Halleluja, Amen! Mischt euch, ihr Reih'n der Cherubim und Seraphim harmonisch ein! Halleluja, Amen!" [1]

Befeuert von der Inbrunst ihres enthusiastischen Leiters schmetterte der Chor die abschließende Passage kraftvoll in den Kirchenraum.
Alles hatte gepasst. Nach drei Monaten intensiver Proben, zuletzt zwei Mal pro Woche, saß der Judas Makkabäus endlich. Selbst der schwierigen Akustik der Gramakirchner Pfarrkirche war man gewachsen.

---

[1] Georg Friedrich Händel - Judas Maccabaeus (HWV 63)

Das wollte man bei der Abschlussprobe unbedingt austesten.

„Bravo! Ausgezeichnet!" Er strahlte über das verschwitzte Gesicht.
„Diese Leistung können wir stolz in die Welt hinaustragen! Die Tournee wird ein Meilenstein in der Geschichte unseres Chors."
„Dank dir, Herbert." Maria Steininger klopfte dem erschöpften Chorleiter auf die nasse Schulter.
„Ohne dich wären wir nie so weit gekommen. Du hast mehr aus uns herausgeholt als wir dachten, dass überhaupt in uns steckt!"
Pfarrer Santak erwartete die Chormitglieder im Pfarrstüberl. Er hatte den Messwein und das kalte Buffet schon vor der Abschlussprobe vorbereitet um sich nichts entgehen lassen zu müssen.

Messwein war sowieso immer reichlich vorhanden im Weinkeller der Gramakirchner Pfarrkirche. Herr Pfarrer pflegte beste Kontakte zur regionalen Weinbauerngenossenschaft, segnete alljährlich die reiche Ernte und ließ sich seine verlässliche und vor allem unerlässliche Dienstleistung ausschließlich in Naturalien abgelten. Auch die Organisation des kalten Buffets folgte einer bestens eingespielten Routine. Die Pfarrersköchin bereitete Liptauer scharf, normal und mild zu, dazu gab es Brot und Soletti. Mit Letzteren zauberte Hochwürden eigenhändig drei Igel auf das Buffet, indem er die pikanten Salzstangerl kunstvoll in kleine Liptauerhäufchen unterschiedlicher

Geschmacksrichtungen steckte. Und das war dann auch schon das obligatorische Pfarrstüberl-Buffet. Schäfchen, die vor Jahren einmal leise Kritik an der fehlenden Abwechslung geübt hatten, wurde vom Pfarrer mangelnde Bescheidenheit attestiert, und damit war das Thema für immer vom Tisch. Außerdem gab es an hohen kirchlichen Feiertagen auch noch zu Jenga-artigen Türmen aufgeschichtete, dadurch meist leider ein wenig ausgetrocknete, Mannerschnitten als süße Draufgabe.

Alles fertig vorzubereiten war trotz der Haut, die die antrocknenden Liptauerhäufchen in der Zwischenzeit gebildet hatten, eine gute Entscheidung gewesen.
Die Aufführung des Oratoriums in seiner Kirche war für ihn ein besonderes Erlebnis, das Pfarrer Santak keinesfalls versäumen wollte, und dafür waren kulinarische Abstriche allemal gerechtfertigt.

Der Hausherr stand erwartungsfroh hinter der Theke als die durstigen Chormitglieder ins Pfarrstüberl strömten und reichte dem eintretenden Chorleiter als Erstem ein Achterl Messwein.
„Ein Hoch auf unseren Chorleiter!"
„Herbert, es war ergreifend. Besser kann man den Judas Makkabäus nicht bringen!"
Herbert Irdinger zog vor Verlegenheit die Farbe des roten Achterls auf und stieß stolz mit dem Pfarrer an.
„Vielen Dank, Hochwürden!"
„Auf, dass eure Tournee der Erfolg sein möge, den ihr euch für eure Leistung redlich verdienen würdet!"

„Hochwürden, so glücklich ich bin, dass alles so gut geklappt hat bei unserer Abschlussprobe, so aufgeregt bin ich, wenn ich an unsere bevorstehenden Tournee-Auftritte denke!"

Knödel-Woche

Jedes Jahr die Qual der Wahl, 28 Gerichte aus Renates Knödel-Rezeptesammlung auszuwählen! Wobei die Auswahl sich auf 50% beschränkte, da es sowieso immer 14 Fixstarter gab:

Ohne Klassikern wie der Leberknödelsuppe, den Grammelknödeln, den Hascheeknödeln, der Gramakirchner Butter-knödelsuppe oder den flambierten Waldbeerknödeln ging es einfach gar nicht.

Und natürlich auch wie immer als krönender Abschluss die Topfenknödel nach Art des Hauses nach dem Geheimrezept der Wirtin!

Montag
Wildknödel mit Fisolen
Speckknödelsuppe
Gulasch mit Knödel
Nuss-Nougat-Knödel

Dienstag
Pilzknödel mit Vogerlsalat
Grießknödelsuppe
Hascheeknödel mit Sauerkraut
Erdbeerknödel mit Vanillesauce

Mittwoch
Beef Tartare Knödelchen
Leberknödelsuppe
Grammelknödel mit Rotkraut
Marillenknödel

Donnerstag
Veggie-Knödel mit Kraftsalat
Tirolerknödelsuppe
Selchfleischknödel im Saft
Zwetschkenknödel

Freitag
Spinat-Knödel mit Eierschwammerl
Bröselknödelsuppe
Geröstete Knödel mit grünem Salat
Flambierte Waldbeerknödel

Samstag
Kürbis-Knödel mit Kernöl
Kaspressknödelsuppe
Käse-Semmelknödel mit Endiviensalat
Germknödel in Butter

Sonntag
Erdäpfel-Speck-Knödel
Gramakirchner Butterknödelsuppe
Wurstknödel mit Weißkraut
Topfenknödel nach Art des Hauses

Sie hatte eben den Menüplan der Woche fertig ausgetüftelt, und jetzt ging es an die Bestellung der Zutaten. Die Organisation einer Knödel-Woche war vor allem eine logistische Herausforderung ersten Ranges.

„Und 50kg Topfen bitte."
Stille in der Leitung.
„Halbfett!" Renate Scheuringer schmunzelte.
„Wieviel war das noch einmal?" Die Sachbearbeiterin des Gastronomie-Großhändlers hatte ihre Fassung offenbar wiedergefunden.
„Fünfzig Kilogramm zwanzigprozentigen Halbfetttopfen bitte", wiederholte die Wirtin langsam. „Wir haben bald Knödel-Woche bei uns im *Goldenen Bock*, wissen Sie?"
„Dürfen wir ihnen das im praktischen Gastro-Gebinde zukommen lassen? Das wären dann in 10 Stück 5kg-Kübel!", fragte die Großhandelskauffrau vorsichtig.
„Ja, ich denke das wäre praktischer und umweltfreundlicher als 200 Stück Haushaltspackungen", bestätigte die Wirtin lachend.

In der Knödel-Woche gab es keinen Ruhetag, und der *Goldene Bock* war so gut wie durchgehend ausreserviert. Von Donnerstag bis Sonntag waren sowieso nur Stammgäste da, die sich ihre Tische jeweils schon ein Jahr im Voraus sicherten.
Am Sonntag drehten sich mit Frühschoppen, Mittagstisch, Nachmittagsjause und Abendessen die

Tische vier Mal und durchschnittlich wurden mehr als 200 Portionen Topfenknödel verkauft.

Ernst Holzinger sprach seit Jahren davon, dass er Kontakt mit dem *Guinness Book of Records* aufnehmen wollte, was bislang wahrscheinlich jedoch an seinen Englisch-Kenntnissen gescheitert war.

Völlig eins mit sich, seinem Leben und seiner Gemeinde zerteilte der Bürgermeister beim sonntäglichen Frühschoppen, seinem traditionellen offiziellen Knödel-Wochen-Besuchstermin, genüsslich einen Wurstknödel und zwinkerte seiner Frau zufrieden zu.
„Es ist schon ein schöner Flecken, unser Ort!"
Friederike Gollinger-Holzinger ließ sich einen Gabelbissen Weißkraut auf der Zunge zergehen und lächelte ihren Gatten seligan.
„Ach, Ernstl. Ja, es soll uns nie schlechter gehen."
Sie prosteten sich mit ihrem Gramakirchner Pils zu.

Frühstücksfernsehen

Das Pierrot-Pärchen lugte fast schamhaft hinter einer in der obersten Etage der Glasvitrine des Eckverbaus wachenden Gruppe von Porzellanhunden, zwei Dackeln, einem Pudel und einem Bull-Terrier, hervor. Albulena Piringer hatte sich noch nicht getraut, ihre Neuerwerbung so prominent wie es dieser eigentlich zustehen würde aufzustellen. Wie erwartet war der unautorisierte Zuwachs ihrer Sammlung ihrem Mann noch gar nicht aufgefallen. Sie wartete noch auf den passenden Zeitpunkt, um das Prunkstück ihrer Sammlung an einen für dieses adäquaten Platz zu stellen.

Die stolze Sammlerin saß neben der Vitrine mit ihren Lieblingen am Esstisch, Kaffee und Müsli vor sich, und deutete auf den Fernseher.
„Luigi!"
Keine Reaktion.
„Luigi!!!"
„Bena, bitte. Ich mag nicht, wenn du mich Luigi nennst. Ludwig. Bitte."
Albulena Piringer rollte mit den Augen.
„Ludwig, schau!"

Ludwig Piringer stand im schlapprigen Sumsi-Pyjama, ein Weltspartags-Give-Away aus Zeiten als die Bank sich noch um Privatkunden bemühte, in der Küchentür und blickte gelangweilt auf den riesigen Ultra-HD-Flachbildschirm, der mittels Schwenkarms, ein wenig eingeklemmt zwischen dem Kachelofen und der ausladenden Wohnzimmergarnitur, in Richtung Essplatz gedreht war, wie jeden Morgen, da sich seine junge Frau keine Ausgabe des Frühstücksfernsehens entgehen ließ. Am Abend drehte er den Schwenkarm dann in Richtung seines Massagesessels, um Sport zu schauen – irgendein Fußballmatch, Schi- oder Autorennen lief schließlich immer. Und wenn nicht, gab es immer noch die Darts- oder Snookerdröhnung.

„Jetzt schau dir das an." Albulena Piringer hatte bemerkt, dass ihr Mann zwar physisch anwesend aber geistig abwesend war.

„Eine Knödel-Kette!"

„Was kostet die?"

„Was kostet was?"

„Na, die Kette." Er gähnte.

„Knödel-Kette. Nicht Perlen oder so. Eine Lokal-Kette. Besser gesagt, der Beginn einer geplanten Kette. Ein Restaurant-Prototyp mit Knödeln."

„Ja, und?" Der Raiffeisenkassen-Filialleiter gähnte nochmals. „Ich bin immer noch voll von den herrlichen Knödeln von der Renate gestern."

„Ja, eben", erwiderte seine Frau. „Da eröffnet ein neues Knödel-Fast-Food-Restaurant in Groß Öding!"

„Ja, und?" Ludwig Piringer drehte sich um und öffnete den Kühlschrank auf der Suche nach Ruhe.

„Nix, und. Die haben eine Karte wie der *Goldene Bock*! Als hätten sie das Angebot der Knödel-Woche abgeschrieben! Das kommt mir sehr komisch vor!"

Der Filialleiter schloss den Kühlschrank wieder. Was er gesucht hatte, war heute früh offenbar nicht zu finden. Außerdem begann ihn dieser Beitrag aus „Guten Morgen, schönes Land!" ausnahmsweise tatsächlich zu interessieren. Er sah also hin.

„Jetzt ist er aus", seufzte seine Frau. „Aber du musst dir das ansehen!"

„Wie, wenn's aus ist?" Er drehte sich wieder zum Kühlschrank, um irgendetwas anderes als Ruhe zu suchen.

„Ach, Lui ..., ach Ludwig! Smart-TV. Ich brauche doch nur zurückzuspulen." Sie zog seinen Stuhl neben ihren. „Komm, setz dich her, und schau dir das an!"

Albulena Piringer startete den Beitrag nochmals, und ihr Ludwig staunte.

Preisschnapsen

„Dritter Preis: eine Kiste Gramakirchner Pils. Zweiter Preis: ein *Veggieversum*-Verwöhn-Korb. Erster Preis: ein Relax-Wellness-Wochenende."
Alfred Pointinger runzelte die Stirn und drehte sich zu Herbert Irdinger.
„Die Preise waren auch schon einmal besser!"
„Was ist bitte macht man auf einem Relax-Wellness-Wochenende?", gab der Chorleiter zurück. „Und seit wann haben vegetarische Produkte etwas mit Verwöhnen zu tun?"
Der Feuerwehrhauptmann-Stellvertreter lachte und klopfte seinem deutlich kleineren Vis-à-vis auf die Schulter.
„Beides gute Fragen, mein Freund. Ich glaube, wir müssen schauen, dass wir im Semifinale verlieren!"

Am Stammtisch lagen 16 frische Packungen Schnapskarten feinsäuberlich in Reih und Glied, alle natürlich noch ungeöffnet mit ihrem mittels Cellophanhülle und Kartonschachtel geschütztem Inhalt.
Johnny Scheuringer trug die Teilnehmer akribisch in seine Listen ein. Das vierteljährliche Preisschnapsen war eine seiner größten Leidenschaften, und er genoss die Rolle des strengen, aber immer fairen

Turnierleiters. Die Stammgäste und passionierten Kartenspieler wiederum waren froh, dass der Wirt immer als Unparteiischer zur Verfügung stand. Damit konnten sie sich ungestört in die Arena der spannenden Zweikämpfe werfen.

Alfred Pointinger und Herbert Irdinger trafen im Semifinale aufeinander. Sie gehörten schließlich aufgrund ihren Ranglistenplatzierungen zu den vier top-gesetzten Spielern.

„In Schande verlieren und sich mit einer Kiste Gramakirchner trösten? Oder am Ende triumphierend auf einem Relax-Wellness-Wochenende den Sieg feiern?"
„So schlecht kann ich gar nicht spielen, dass du dich um dein Gramakirchner sorgen brauchst", gab der Chorleiter dem Filialleiter zurück.
„Na, ich schau mir das an! Ich glaube ja, dass du dich erst im Finale verhauen wirst, damit du den vegetarischen Verwöhnkorb abstauben kannst!"
„Meine Herren, die Zeit läuft bereits", unterbrach sie Johnny Scheuringer streng, löste das Cellophan umständlich von der Spielkartenpackung, nahm die Karten heraus, legte diese in die Mitte und forderte: „Jeder eine auf!"

Herbert Irdinger hatte wie üblich keine Chance gegen den ausgefuchsten Feuerwehrhauptmannstellvertreter.
„Naja, Alfred, meine Chance auf die Kiste Gramakirchner lebt", versuchte der Chorleiter witzig

seine Niederlage zu überspielen. Leider währte seine Vorfreude nur kurz. Im kleinen Finale musste er sich Manfred Fahringer knapp geschlagen geben und ging als Vierter wieder einmal leer aus. Sein bislang einziger Turniersieg war mittlerweile schon einige Jahre her.

„Gratuliere!"

„Ebenso, es war ein wahrhaft würdiges Finale", erwiderte Ludwig Piringer und prostete Alfred Pointinger zu. „Wenn ich mir deinen Verwöhn-Korb ansehe, kann ich mich gar nicht mehr so hundertprozentig über meinen Sieg freuen!"

„Das glaube ich dir, mit deinem Wellness-Voucher! Schau einmal, was bei mir alles drinnen ist!" Er pflückte Produkte aus dem neben ihnen stehenden Korb und begutachtete sie ausgiebig. „Vegane Seitanwurst. Hmmm, lecker! Tofu-Knacker. Wahnsinn! Cevapcici aus Soja …"

Der Bankfilialleiter lauschte amüsiert der lustigen Aufzählung, dann schob er seinen Barhocker näher zu seinem Finalgegner.

„Du, Alfred. Schluss mit den Köstlichkeiten! Ich muss dir etwas erzählen." Um seinen folgenden Worten das nötige Gewicht zu verleihen, rückte der Turniersieger nochmals näher an seinen Sitznachbarn heran. „Die Albulena hat am Montag „Guten Morgen, schönes Land" geschaut!"

„Schaut sie das nicht immer?"

„Ja, eh. Aber am Montag war ein interessanter Bericht!"

„Das gibt es nicht", unterbrach ihn Alfred Pointinger grinsend, noch immer im Spaß-Modus.

„Sehr witzig. Aber jetzt hör einmal zu! In Groß Öding hat ein Knödel-Fast-Food-Restaurant eröffnet. Knödel-King! Und die haben ein Knödel-Angebot wie von unserer Knödel-Queen!"

Der Feuerwehrhauptmann-Stellvertreter schaute völlig verständnislos.

„Von der Renate meine ich. Das mit King und Queen war nur ein Wortspiel. Egal! Jedenfalls scheint da jemand unsere Frau Wirtin kopieren zu wollen. Die Speisekarte von denen liest sich wie das Menü der Knödel-Wochen vom *Goldenen Bock*!"

„Naja, die Karte abschreiben können sie vielleicht, aber so kochen bestimmt nicht", entgegnete Alfred Pointinger.

„Das ist es ja", flüsterte Ludwig Piringer mit hörbarer Verzweiflung in der Stimme. Er beugte sich ganz zu seinem Gesprächspartner und flüsterte fast. „Ich war gestern mit der Albulena dort."

Und nach einer kurzen dramaturgischen Pause fuhr er seufzend fort: „Die Knödel von dem komischen Laden sind leider super. Das riecht nach einer oberfaulen Sache! Das gefällt mir ganz und gar nicht. "

Bezirksblatt

Knödel-Kulinarium
Der neue Knödel-King in Groß Öding ist eine runde Sache!

Warum sich das neue Fast-Food-Franchising-Filial-Start-Up gerade Groß Öding für die erste Filiale ausgesucht hat, weiß auch Bürgermeister Strebinger nicht zu beantworten. „Wir sind sehr stolz, dass diese leckeren Knödel von Groß Öding aus die Welt erobern sollen", kommentiert das Gemeindeoberhaupt die ambitionierten Pläne der Knödel-King-Investoren. „Qualität und Nachhaltigkeit sind unsere obersten Prinzipien", ergänzt Jochen Steiner, der Geschäftsführer des kleinen, aber feinen Lokals am Groß Ödinger Marktplatz. „Wir verfolgen eine Strategie der Interregionalität. Das heißt, wir rollen unser Konzept international aus, immer verbunden mit starkem Bezug zu regionalen Produzenten. 0% CO_2 und 100% Service für unsere Kunden. Bei Knödel-King ist der Kunde König bzw. die Kundin Königin!"
Ihre Bezirksblatt-Lokalkritikerin konnte sich davon überzeugen, dass dies keine leeren Worte sind. Die Beef-Tartare-Knödelchen sind ein mutiger und sehr gelungener Starter, die Grießknödel schweben flaumig in einer g'schmackigen Rindsuppe, die herrlichen

Hascheeknödel mit Sauerkraut vom Eblinger-Bauern aus Klein Öding sind ein Gedicht, aber die eigentliche Geschmackssensation ist die einfach wunderbare Nachspeise: „Königliche Topfenknödel", die wahrlich kaiserlich schmecken!

Ein rundum schlüssiges innovatives Lokalkonzept mit echtem Multiplikationspotenzial. Die Expansionspläne des jungen Unternehmens sind dementsprechend ehrgeizig.

Auf den Investor hinter dem Knödel-King-Konzept angesprochen, gibt sich der selbstbewusste Geschäftsführer jedoch wortkarg. Es scheint jedoch auf der Hand zu liegen, dass es sich hierbei um eine potente Unternehmerpersönlichkeit aus dem Bezirk handelt. Sonst hätte man als Ausgangspunkt für den geplanten Siegeszug wohl nicht unser schönes Groß Öding gewählt.

Sarah Tulpner/Bezirksblatt

Renate Scheuringer lies die Zeitung aus ihren Händen langsam auf den Tisch sinken und blickte ihrem Gatten in die Augen.

„Das gibt es doch nicht, Johnny!"

„Das darf doch nicht sein", entgegnete der Wirt.

Sie saßen zu zweit am Stammtisch ihres geschlossenen Lokals. In 20 Minuten würden sie wieder aufsperren müssen, aber im Moment war beiden gar nicht nach Kundschaft.

„Schau dir das Foto von den Topfenknödeln an!" Renate deutete auf das Bild oberhalb des Artikels im

Bezirksblatt. „Das schaut aus, als ob ich die Knödel angerichtet hätte. 1:1."

„Das darf doch nicht sein", wiederholte sich der verdatterte Wirt.

„Johnny, ich muss dir etwas sagen." Renate blickte ihrem Gatten nochmals, diesmal tiefer, in die Augen.

„Ja, Renate?"

„Das Rezept ist gestohlen worden."

Johnny Scheuringer sah seine Gattin fassungslos an.

„Was sagst du da?"

„Das Rezept von den Topfenknödeln ist gestohlen worden. Schon vor einiger Zeit."

„Dein Geheimrezept?"

„Ja, welches denn sonst? Das Geheimrezept ist weg. Und jetzt das!" Sie schmiss die Zeitung zornig von sich.

„Das darf doch nicht sein", befand der Wirt abermals.

„Es ist aber offenbar doch so!", antwortete die Wirtin mit bebender Stimme.

„Das müssen wir anzeigen! Das ist ein Verbrechen. Das …"

„… darf doch nicht sein?", ergänzte seine Gattin. „Wer sagt das, Johnny? Was willst du anzeigen? Jemand hat einen alten Kas'zettel aus meiner Küche gestohlen, auf dem das Rezept für die wunderbarsten Topfenknödel steht? Und wen? Dieser Jochen Steiner war sicher noch nie im *Goldenen Bock*."

„Aber der hat bestimmt Hintermänner. Da steht: *eine potente Unternehmerpersönlichkeit aus dem Bezirk.*" Er schlug mit der Hand auf die Zeitung. „Das ist bestimmt der Gauner!"

Bärlauch-Woche

Die Wälder rund um Gramakirchen rochen schon seit Wochen intensiv nach Knoblauch. Vor allem die Böden des Auwaldes entlang der Dürren Piesing, des südwestlich an Gramakirchen vorbeifließenden und später in die Grama mündenden idyllischen Bächleins, waren übersät von den satt hellgrünen Blättern des schmackhaften Bärlauchs. Und noch hatten sich keine Blüten gebildet. Nicht, dass wie oft fälschlich behauptet, der Bärlauch danach nicht mehr gegessen werden dürfte. Giftig sind nur seine Doppelgänger, die Maiglöckchen und die Herbstzeitlosen, die man allerdings leicht daran erkennt, dass sie eben nicht nach Knoblauch riechen. Den Bärlauch selbst kann man immer essen, er schmeckt nur nach der Blütezeit nicht mehr so gut wie vorher.

Daher ist jetzt wie jedes Jahr Bärlauch-Woche im *Goldenen Bock*: Bärlauch-Aufstrich-Brot, Bärlauch-Schaum-Suppe, Bärlauch-Nudeln, Bärlauch-Gnocchi, Bärlauch-Tascherl, Bärlauch-Spätzle, Bärlauch-Pesto, Bärlauch-Risotto, Bärlauch-Cordon-Bleu und natürlich Bärlauch-Knödel!
Die Wirtin werkte – umgeben von der Jahr für Jahr gewöhnungsbedürftigen Knoblauchwolke – wie immer fleißig in ihrer Küche und schickte die Kellner mit

einer Bärlauch-Köstlichkeit nach der anderen in die zum Bersten gefüllte Gaststube.

„Renate, meine Liebe!" Maria Steininger beugte sich unter die Infrarotlampen der Speisenausgabe und winkte ihrer Freundin zu.

„Griaß' di!" Die Wirtin wischte sich mit der Schürze den Schweiß von der Stirn trat an das Ausgabepult.

„Du, ich habe schon gehört von dem Verbrechen", schoss es ansatzlos aus Maria Steininger heraus. „Ein Wahnsinn. Es tut mir so leid für dich! Wie fühlst du dich denn? Sag mir bitte, wenn ich was für dich tun kann! Es ist unglaublich, dass so etwas bei uns in Gramakirchen ..."

„Mitzi, beruhige dich", die Wirtin legte ihr die Hand auf den Arm und unterbrach ihre aufgebrachte Freundin. „Schau her: es geht mir gut. Der *Goldene Bock* ist voll. Und es ist niemand gestorben."

„Aber ..."

„Danke Mitzi! Geh' erst einmal aus dem Knoblauchgestank hier in die Gaststube und lass dir unsere Bärlauch-Spezialitäten schmecken. Wir können dann später weiterreden!"

Wenn Renate Scheuringer eines nicht mochte, dann in ihrer Küche gestört zu werden, egal von wem.

Auch am Stammtisch war nicht der Bärlauch Gesprächsstoff Nummer 1.

„Ich war gestern mit dem Josef dort. Die Knödel sind leider wirklich gut", berichtete Bürgermeister Holzinger der Runde.

„Was habt ihr den gegessen?", wollte Herbert Irdinger wissen.

„Wildknödel mit Fisolen, Leberknödelsuppe ...", begann der Bürgermeister.

„Selchfleischknödel im Saft, und als Nachspeise ...", setzte der Baumeister fort.

„... Königliche Topfenknödel!", kam es wie aus einem Munde.

„Eine Frechheit", entfuhr es Pfarrer Santak. „Genau das habe ich in der Knödel-Woche hier an diesem Tisch gegessen. Gott ist mein Zeuge!"

„Und ich auch, Hochwürden", beeilte sich der Chorleiter. „Ich kann mich noch genau erinnern!"

„Das darf doch nicht sein, oder?", fand der Wirt immer noch, der dem Gespräch von der Schank aus folgte.

„Nein, Johnny. Das darf es nicht", pflichtete der Baumeister ihm bei. „Geh, schenkst du uns noch eine Runde Gramakirchner ein, bitte?"

Der Wirt servierte den aufgeregten Herren das Bier.

„Was unternehmt ihr jetzt?", fragte Ludwig Piringer. „Hat die Renate schon Anzeige erstattet?"

Johnny Scheuringer schüttelte den Kopf,

„Sie will nicht. Sie sagt, das bringt nichts. Sie hat ja keine Beweise. Und sie hat keine Ahnung, wer das gewesen sein könnte!"

„Da hat sie schon recht", brachte sich Peter Gerl in das Gespräch ein. „Es ist eine bodenlose Sauerei, aber bislang ist es schwierig, dahinter einen strafbaren Tatbestand auszumachen."

Baumeister Graminger brauste auf.

„Was heißt da schwierig? Wir wissen doch genau, wer dahintersteckt!"

Alle Köpfe drehten sich zu ihm.

„Was weißt du, Josef?"

Der Bürgermeister wandte sich erstaunt an den Baumeister.

„Na, ist euch das nicht klar? Man muss doch nur eins und eins zusammenzählen. Wer ist denn bitte eine potente Unternehmerpersönlichkeit aus dem Bezirk, die vor gar nicht so langer Zeit unbedingt das Rezept von der Renate haben wollte?"

Die Stammtischrunde starrte den Baumeister an.

„Der Walter, die gierige Sau!", entfuhr es Herbert Irdinger.

„So ein hinterhältiger Kerl. Der kriegt den Hals nicht voll, der ..." Ludwig Piringer war sprachlos.

„Das hätte ich ihm nicht zugetraut, obwohl ..." Alfred Pointinger schüttelte fassungslos den Kopf.

Die Logik schien plötzlich allen einleuchtend, und die Spirale der Beschuldigungen begann sich wie von selbst schnell zu drehen.

„Meine Herren", unterbrach Peter Gerl die Schimpftirade und blickte den Baumeister an. „Josef, deine Anschuldigungen sind sehr ernst. Hast du Beweise?"

„Was brauche ich noch für Beweise?", antwortete Josef Graminger brüskiert. „Das liegt doch alles auf der Hand! Wer sonst kennt das Rezept von der Renate und hat das auch Geld, aus dem Ganzen eine Fast-Food-Kette international auszurollen?"

„Josef", fuhr Peter Gerl ruhig, aber eindringlich fort. „Vielleicht hast du recht, aber du kannst im Augenblick niemandem etwas beweisen. Ganz abgesehen davon, dass man dich für befangen halten könnte, nachdem der Walter dich als Sponsor vom SC abgelöst hat."

Baumeister Graminger schnaufte verächtlich und schüttelte verständnislos den Kopf.

„Das einzig strafbare an der ganzen Angelegenheit wäre momentan die Verleumdung eines Unschuldigen bzw. eines Schuldigen, dem man schlussendlich nichts nachweisen könnte", fuhr Peter Gerl fort. „Ohne irgendeine Substanz können wir nicht einfach irgendjemanden an den Pranger stellen! Und schon gar nicht einen alten Freund wie den Walter. Sei er auf den ersten Blick noch so verdächtig. Und ohne irgendwelche Indizien sollten wir auch nicht damit rechnen, dass die Polizei etwas unternehmen wird!"

„Dann besorgen wir uns eben die nötigen Beweise!" Feuerwehrhauptmannstellvertreter Walter Pointinger haute mit der Faust auf den Stammtisch. „Gemeinsam haben wir das immer noch geschafft. Das weißt du nur zu gut, Peter!"

„Gramakirchen braucht wieder eine Taskforce!", bekräftigte Bürgermeister Ernst Holzinger und schmetterte ebenfalls seine Faust auf den Tisch.

Knödel-King goes international

„Hast Du etwas herausgefunden, Peter?"
Friederike Gollinger-Holzinger stand im Büro des Bürgermeisters und telefonierte mit ihrem Ex-Mann.
„Aber Du hattest doch gemeint, das wäre kein Problem über deinen elektronischen Zugang zum Firmenbuch!"
Bürgermeister Holzinger schaute seine Frau fragend an, während diese den langmächtigen Ausführungen des Steuerberaters lauschte.
„Was ist, wo ist das Problem?", fragte er ungeduldig dazwischen, aber Friederike winkte nur ab und nickte während des sich aus der Sicht des Gemeindehauptes unnötig dahinziehenden Telefonates verständnisvoll und nachdenklich, unterbrochen von unregelmäßigen „Ahas", „Mhms" und „Okays".
Endlich kamen sie zum Schluss. Sie sah ihren Mann genervt an und sagte: „Nix!"
„Wie: nix?", entgegnete Ernst Holzinger.
„Er kann nichts über den oder die Eigentümer der „Knödel-King Gmbh & Co KG" herausfinden. Da steckt ein Treuhänder dazwischen. Offensichtlich soll die Gesellschafterstruktur nicht publik werden." Sie zuckte mit den Schultern. „Sagt der Peter. Und wenn der Peter nichts herausfindet, kannst du das vergessen."
„Das ist sicher der Walter!"

Der Bürgermeister lies sich in seinen Chefsessel fallen und drehte sich darin nervös herum.

„Wer sonst hat ein solche Angst, sich als Inhaber zu deklarieren? Es geht ja schließlich nicht um ein Puff, sondern um eine Knödel-Kette!"

„Der Peter sagt, dass es so etwas sehr oft gibt. Er meint, das Konstrukt so einer Treuhandschaft sei sehr üblich", dozierte seine Gattin. „Vielleicht will ja unser neuerdings so veganer Fleischhauer nicht mehr mit Haschee- und Grammelknödeln in Verbindung gebracht werden!"

„Und mit Rezeptdiebstahl", erwiderte Ernst Holzinger empört. „Gestern haben sie im Radio von der Expansion berichtet. Es gibt Interesse aus halb Europa und Gespräche über ein Joint-Venture mit einem amerikanischen Partner!"

Er ging zum Aktenschrank neben dem Fenster und holte – sehr zum Erstaunen seiner Frau – eine Flasche Hochprozentigen und zwei Schnapsgläser heraus.

„Manchmal braucht man eben etwas zum Aufwarten für spezielle Gäste im Gemeindeamt", sagte er als Reaktion auf den vorwurfsvollen Blick und schenkte die beiden Gläser randvoll. „Der Landeshauptfraustellvertreter trinkt immer gern ein Glaserl, wenn er bei uns vorbeikommt. Warum wäre er sonst immer mit Chauffeur unterwegs?"

Friederike Gollinger-Holzinger interessierten die politischen Beziehungen Ihres Mannes nicht. Sie kannte diese Verstrickungen, Verpflichtungen und Verbindlichkeiten schließlich zur Genüge aus den vielen Jahren als Tochter des verstorbenen Altbürgermeisters.

„Wenn wir über den Peter seine Kanäle nichts herausfinden, dann werden wir einen anderen Weg finden."

„So ist es!"

Das Bürgermeister-Ehepaar stieß mit ernster Miene miteinander an.

„Das kann doch nicht sein, dass diese Knödel-King-Kette mit der Renate ihrer Kreativität und ihrem Wissen hausieren geht und die Welt erobert. Von Groß Öding aus! Egal, ob der Walter dahintersteckt oder sonst wer."

„Wir müssen das verhindern. Das ist nicht in Ordnung!"

Das Gemeindeoberhaupt war fest entschlossen zu handeln.

Fanblock in Aufruhr

Die Spieler des 1.SC Veggieversum Gramakirchen standen aufgereiht wie die Orgelpfeifen auf der Mittelauflage, elf höhenversetzte und unterschiedlich gedehnte Leberknödel-Planeten am Rücken ihrer beigebraunen Heimdressen mit den Ketchup-roten Spielernummern. Die an sich schon gewagte Farbkombination schlug sich leider auch noch mit den neon-orangen Dressen der gegnerischen Mannschaft aus Hinter-Schraning samt etwas zu groß geratenem pink-türkisen Logo ihres Sponsors, einer regionalen Kebap-Kette im Besitz ihres Präsidenten.

Dieser schüttelte Walter Dörflinger freundschaftlich die Hand zum Anpfiff dieses für die konkurrierenden Mannschaften wichtigen Meisterschaftsspieles. Gramakirchen und Hinter-Schraning lagen punktegleich am zweiten und dritten Platz der Tabelle, nur zwei Punkte hinter dem Ersten; die Tabellenführung in Reichweite. Durch die potenten Sponsoren konnten sich beide Teams vor Kurzem durch Zukäufe verstärken und seither um die Tabellenführung mitspielen.

Umso überraschender kamen für alle Beobachter, vor allem für die Fans der Gäste, die lautstarken Buhrufe aus dem Gramakirchner Fanblock, durch welche die traditionelle Zeremonie zu Beginn des Matches auf einmal massiv gestört wurde.

„Was ist los mit den Burschen?", wandte sich Walter Dörflinger irritiert an Ernst Holzinger, der auf seinem angestammten Platz neben dem Präsidenten auf der Ehern-Tribüne Platz genommen hatte.

Der Bürgermeister zuckte mit den Schultern, nahm einen langen Schluck Bier von seinem Gramakirchner Pils und deutete auf das Spielfeld, wo soeben ein Angriff der Heimmannschaft im Anrollen war. Offenbar wollte er sich nicht zu dem Vorfall äußern.

Der Fußballpräsident widmete sich ebenfalls dem spannenden Spielgeschehen am Rasen.

„Tooor!" Die Gramakirchner VIPs aus der ersten Reihe der Ehrentribüne sprangen gemeinsam auf und jubelten über das rasche Führungstor des 1. SC.

Aber wieder kamen lautstarke Buhrufe aus dem Heimsektor der Tribüne.

„Ja, was soll den der Blödsinn?" Walter Dörflinger starrte verdattert in Richtung der Störenfriede.

Auch die Spieler beider Mannschaften schauten verunsichert auf die Ränge, und der stolze Torschütze deutete sich recht unmissverständlich an den Kopf.

Das Spiel ging weiter. Leider war den Gramakirchner Spielern die Irritation über das eigenartige Verhalten ihrer Fans anzumerken und das Spielgeschehen verlagerte sich zunehmend in ihre Hälfte. Der Tormann des 1. SC war vielbeschäftigt, und er erwies sich wie schon so oft auch dieses Mal wieder als wichtiges Rückgrad seiner Mannschaft und kämpfte tapfer, um den drohenden Ausgleich durch die Hinter-Schraninger zu verhindern.

„Mir san mir,
mir san mir,
mir san schwächer wia die Stia,
mir san klaner wia die Bam,
wö ma Veegeetaria san!"

Walter Dörflinger sprang von seinem Sitz auf und schüttete sein halbes Gramakirchner Pils auf die Hose des Hinter-Schraninger Kebap-Barons.

Gerade eben hatte er Hoffnung geschöpft, als er die Fans im Heimsektor den traditionellen Schlachtgesang des 1. SC anstimmen hörte, doch der abgewandelte Text traf ihn wie ein Blitz.

Mit einem verzweifelten an den Bürgermeister gewandten „Ernst, ich versteh das alles nicht", verließ er die Tribüne.

Der Präsident des 1.SC Veggieversum Gramakirchen saß allein am Stammtisch des *Goldenen Bocks* und starrte sein Bierglas an.

„A Großes, Johnny", wandte sich der eintretende Bürgermeister an den Wirt.

Der Fußballpräsident blickte auf und sah Ernst Holzinger fragend an.

„3:2."

„Bergauf oder bergab?"

„Gewonnen. Sie haben einen 1:2 Rückstand in der Pause in der zweiten Hälfte noch umgedreht."

„Hätte ich mir nicht erwartet", meinte Walter Dörflinger in sehr deprimiertem Tonfall.

„Die Fans sind nach der Pause wieder wie gewohnt hinter ihrer Mannschaft gestanden, und das hat den Umschwung gebracht."

„Dann hat das also nur mir gegolten?"

„Scheint so", bestätigte der Bürgermeister knapp.

„Warum, Ernstl?"

Der Fußballpräsident sah aus wie ein Häufchen Elend.

„Was haben die Leute auf einmal gegen mich? Ich habe doch so viel für den Verein getan!"

„Es ist nicht wegen dem Fußball."

Der Bürgermeister starrte verlegen den Herrgottswinkel an als würde er Hilfe suchen in seiner Verlegenheit.

Walter Dörflinger blickte überrascht auf.

„Du weißt also, warum sie mich plötzlich so anfeinden?"

„Ja."

„Sag'!"

Johnny Scheuringer half dem Bürgermeister aus seiner Verlegenheit.

„Es ist wegen der Renate, Walter!"

Der Fußballpräsident schaute fragend.

„Was …?"

„Wegen dem Rezept."

Der Fußballpräsident schaute verständnislos.

„Wie …?"

„Wegen die Topfenknödel!"

Der Fußballpräsident schaute so ratlos wie verzweifelt.

„Ich glaub', er weiß wirklich nicht, wovon du redest, Johnny", wandte der Bürgermeister ein.

„Geh, tu' doch nicht so!", fuhr der Wirt den verdutzten ehemaligen Fleischhauermeister an.

„Weshalb …?"

„Wir wissen, dass Du der Knödel-King bist!" Der Wirt knallte mit der Faust auf die Schank um seinen Worten das nötige Gewicht zu verleihen.

„Wer …?"

„Der Investor hinter der neuen Fast-Food-Kette mit dem Lokal in Groß Öding", ergänzte Ernst Holzinger, kraft seines Amtes und der damit verbundenen Erfahrung mit deutlich mehr Geduld als Johnny Scheuringer ausgestattet.

„Ja, seid's ihr alle verrückt geworden?", platzte es aus Walter Dörflinger heraus. „Ich kenn' dieses Lokal überhaupt nicht. Geschweige denn, dass ich in nichts anderes investiere als mein Veggieversum. Abgesehen von dem depperten Fußballclub. Noch."

Johnny Scheuringer verdrehte ungläubig die Augen.

„Jetzt lass' uns das doch offen ausreden", erwiderte der Bürgermeister und wies den Wirten an sich zu ihnen zu setzen. „Und noch eine Runde Bier für uns, Johnny!"

Taskforce Topfenknödel

Der Bürgermeister musste niemanden um Ruhe bitten, der zum Bersten gefüllte Wirtshaussaal hing ausnahmslos an seinen Lippen.

„Liebe Freunde. Danke, dass ihr alle geschlossen hier mit uns zusammensteht. Und vielen Dank für eure Kommen. Wir haben nach ausführlicher Behandlung der außergewöhnlichen Situation unsere Beratungen abgeschlossen."
Man merkte einigen in der Runde an, dass sie sich wünschten, der Bürgermeister würde wenigstens dieses eine Mal schneller zum Punkt kommen.
„Zuerst möchte ich euch darüber in Kenntnis setzen, dass wir um Diskretion gebeten wurden. Also, das heißt, die Renate mich ersucht, bis auf Weiteres von einer Anzeige in der Angelegenheit Entwendung ihres geistigen Eigentums in Form des Topfenknödel-Geheimrezeptes Abstand zu nehmen."
Leichte Unruhe kam im Saal auf.
„Das kann man doch nicht so auf sich beruhen lassen!", rief einer der Anwesenden aufgebracht.
„Der gehört angezeigt, der Kerl, sofort!", ein Zweiter.
Andere wiederum meinten, das würde man in Gramakirchen schon unter sich ausmachen.

„Bitte, meine Herren", ergriff Johny Scheuringer das Wort. „Ich habe Renate mein Wort gegeben, dass wir mit einer Anzeige erst einmal zuwarten werden. Möglicherweise erweist sich die ganze Angelegenheit doch als Missverständnis und löst sich bald in Wohlgefallen auf. Aber der Herr Bürgermeister wird euch über die weiteren geplanten Schritte informieren. Bitte, Ernst!"

„Danke, Johnny. Wir werden versuchen, die missliche Angelegenheit schnellstmöglich selbst zu bereinigen, und zwar ohne großes Aufheben zu machen. Gramakirchen will schließlich nicht zum Gespött unserer Gegend werden. Wenn wir eine polizeiliche Anzeige erstatten, haben wir eher heute als morgen noch die ganzen Schreiberlinge von den Bezirksblättern im Ort."

Zustimmendes Murmeln machte sich breit. Die Journalisten der Lokalpresse brauchte man jetzt tatsächlich nicht.

Und ob die Polizei sich mit der nötigen Sorgfalt und Energie dieses diffizilen, aber zugegebenermaßen für Außenstehende vielleicht nicht als schwerwiegend erscheinenden Falles annehmen würde, musste nun einmal realistischerweise leider auch angezweifelt werden.

Ernst Holzinger ließ das Gesagte kurz wirken, dann fuhr er in staatsmännischem Ton fort.

„Wir werden aufgrund bester einschlägiger Erfahrungen eine Taskforce, also eine Truppe von

Freiwilligen, zusammenstellen, die sich namens unserer Gemeinde und unseres Dorfwirtshauses und seiner Wirtin um die Aufklärung der unerfreulichen Ereignisse kümmern wird. Wir hoffen und zählen in diesen Belangen auf eure gewohnte tatkräftige Unterstützung."

Ein Johlen ging durch die Menge. Alle waren begeistert, einige gestikulierten wild mit ihren Armen, um sich zu melden, aber der Bürgermeister hob die Hände, beruhigte die Menge und fuhr ruhig mit weiteren Instruktionen fort.

„Ich weiß, dass einige im Ort – ich möchte mich hier persönlich gar nicht ausnehmen – gleich einmal den Walter verdächtigt haben. Aufgrund seiner wirtschaftlichen Möglichkeiten und gewissen auf den ersten Blick auftauchenden Indizien ist es verständlich, dass ein aufkeimender Verdacht auf ihn gefallen ist. Nach den Ereignissen beim letzten Meisterschaftsspiel haben ihn der Johnny und ich daher unter Freunden zur Rede gestellt. Und wir finden, dass er dabei sehr glaubwürdig seine Unschuld beteuern konnte."

Im Saal kam ein ablehnendes Grummeln auf.

Ernst Holzinger hob beschwichtigend die Hand.

„Da wir wissen, dass es dazu unterschiedliche Ansichten gibt, habe ich Walter gebeten, heute nicht zu kommen. Er lässt euch ausrichten, dass er eine Aufarbeitung dieser unangenehmen Angelegenheiten unterstützt und sich darauf freut, wenn alles vollständig aufgeklärt sein wird!"

Wieder grummelten einige Anwesende, um ihre Skepsis zu deponieren.

„Ich habe ihm selbstverständlich auch mitgeteilt, dass wir selbstverständlich in alle Richtungen ermitteln werden. Es kann und wird keine Tabus geben! Nichts und niemand wird vorverurteilt, aber auch nicht ausgenommen. Bei uns in Gramakirchen gibt es keine Sonderstellung, auch nicht für einen Fußballpräsidenten!"

Das Grummeln schlug in zustimmendes Murmeln um.

„Und dementsprechend werden unsere Ermittlungen sofort begonnen, und sobald erste Informationen über den vermeintlichen Dieb oder die Hintermänner bekannt sind, werden die Mitglieder der Taskforce die Fährte aufnehmen! Und wir werden nicht ruhen, bis wir diese hinterhältigen Machenschaften aufgeklärt haben werden!"

Die letzten Worte hatte er mit erhobener Stimme in den Saal geschmettert, und seine politische Rhetorik verfehlte ihre Wirkung nicht.

Die versammelten Anwesenden sprangen von ihren Stühlen auf, applaudierten und jubelten ihrem Gemeindeoberhaupt frenetisch zu, der mit der Größe der Aufgabe über sich hinauszuwachsen schien.

„Taskforce! Taskforce! Taskforce!", rief der ganze Raum frenetisch.

Kirchenchor – Die Verabschiedung

„Steininger!"

„Hchuchch …!"

„Hallo, Steininger?"

„Hchuchch, Irdi – hchuchch – nger."

Maria Steininger hielt ihr Mobiltelefon ein wenig auf Distanz als hätte sie Angst, der hustende Anrufer könnte sie anstecken.

„Halloooh?"

„Irdi – ch – nger. Hcherbert. Hchallo Maria."

„Herbert?"

„Chja."

„Herbert, was ist los? Du klingst ja schrecklich. Kann ich dir irgendwie helfen?"

„Chja. Bitte. Hchuchch …!" Der Chorleiter hustete nochmals besorgniserregend, dann klang seine Stimme etwas befreiter. „Maria, wir sollen doch übermorgen mit dem Chor auf unsere Auslandstournee fahren. Und jetzt hat's mich er – chch – wischt."

„Ojeh – ojeh, du Armer!"

„Hchuchch …! Maria, du kennst dich doch so gut mit Hausmitteln und so aus, hat der Josef mir zumindest einmal er – chch – zählt."

„Ja, das stimmt. Wenn den Josef etwas zwickt, habe ich immer das Passende parat für ihn. Aber bei ihm reicht auch meistens ein Placebo und ein bisschen liebevolle Betreuung."

„Maria, ist schon gut", unterbrach sie Herbert Irdinger. „Bei mir hilft sich – chch – er kein Placebo, und um liebevolle Betreuung hätte ich mich dich nicht zu bitten getraut. Hchuchch …! Aber wüsstest du ein gutes Hausmittel, das du mir empfehlen könntest?"

„Topfenwickel."

„Topfen …?"

„Einen warmen Topfenwickel!" Maria Steininger strahlte. „Herbert: hast du einen Topfen daheim?"

„Chja, ichch glaube schon"

„Na, pass auf: du nimmst den Topfen und streichst ihn dick auf ein Geschirrtuch, du kannst auch eine Küchenrolle nehmen, wenn dir das lieber ist. Dann wärmst du das Tuch mit dem Topfen an."

„Wie machch ichch das?", krächzte Herbert Irdinger ins Telefon.

„Du legst das Tuch am besten kurz in die Mikrowelle. Nicht zu lang, es soll warm, aber nicht heiß sein. Manche Leute nehmen selbst bei Heiserkeit einen kalten Wickel, aber den nehme ich nur bei Fieber. Und außerdem sollte man den auch leicht anwärmen."

„Maria, bitte sag' mir einfach – chch, was ich – chch tun soll, und ich – chch mach – chch es", unterbrach der Chorleiter die engagierte Naturheilerin.

„Entschuldige. Den warmen Wickel schlägst du eng um den Hals. Der muss gut anliegen, damit er wirken kann. Dann fixierst du ihn mit einem Schal, damit könntest du sogar herumlaufen, aber besser wäre es natürlich, wenn du dich hinlegst."

„Maria, dank – ch – e!", unterbrach der Chorleiter sie nochmals. „Und wie lange lasse ich das oben?"

„Bis der Topfen trocken ist. Vorsicht, dann wird er ganz bröckelig. Deswegen ist die Küchenrolle ganz gut, die kannst du gleich mit den Topfenbröckerln wegschmeißen."

„Maria, dank – ch – e! Das machch ichch gleichch", krächzte es wieder in das Ohr der Großbäuerin.

„Und Herbert: du machst am besten gleich drei bis vier Topfenwickel am Tag, dann geht's dir morgen bestimmt schon besser!"

„Maria, dank – ch – e! Griaß' di!"

„Griaß' di, Herbert. Und gute Besserung! Du wirst sehen: Topfen hat tolle Heilkräfte!" Aber der kranke Chorleiter hatte bereits aufgelegt.

Zwei Tage später stand der moderne Reisebus der Firma Fußharz-Reisen vor der Kirche, und am Kirchenplatz herrschte reges Treiben. Halb Gramakirchen schien auf den Beinen zu sein.

Pfarrer Piotr Santak stand beim Busfahrer und gestikulierte aufgeregt.

„Es bleiben keine Kalkspritzer auf ihrer Scheibe, von meinem Weihwasser. So etwas habe ich noch nie gehört, dass jemand kein Weihwasser möchte."

„Ich habe einen Christophorus-Magneten am Armaturenbrett, Hochwürden", entgegnete der grantige Chauffeur. „Und mit dem habe ich schon vier Mal unfallfrei die Erde umrundet. Da brauche ich kein zusätzliches Weihwasser von ihnen auf meiner Windschutzscheibe!"

„Ich segne auch nicht sie. Ich segne meine Gemeinde. Ich segne den Kirchenchor für das Gelingen der wichtigen Tournee!" Er drehte dem Busfahrer den Rücken zu und sagte mehr zu sich selbst. „Und das werde ich auch!"

Ludwig Piringer hatte eben seinen Koffer auf die Ladefläche des Busses gewuchtet.

„Hochwürden, Grüß Gott!"

„Grüß Gott, Ludwig! Schon aufgeregt?"

„Ja, aber nicht wegen der Tournee. Wegen dem Herbert!"

„Wissen sie, wie es ihm geht?", fragte der Chorsänger den Pfarrer besorgt. „Er hat vorgestern schrecklich geklungen. Und es wäre eine Katastrophe für ihn und auch für den Chor, wenn er nicht mitkommen könnte."

„Ja, es geht ihm schon besser. Ich habe ihm gestern ein halbes Kilo Magertopfen vorbeigebracht." Er blickte in Richtung Bundesstraße. „Ah, da kommt er ja schon!"

Herbert Irdinger kam mit seinem Rollkoffer an der rechten Hand und einer großen Kühlbox in der linken Hand sowie einem dicken Schal, aus dem ein karierter Geschirrtuchzipfel herauslugte, auf die beiden zu.

„Hochwürden. Grüß Gott! Griaß' di, Ludwig!"

„Na, du krächzst ja gar nicht mehr", begrüßte ihn der Sparvereinsobmann Ludwig Piringer freudig.

„Aber auf die heilende Kraft des Topfens wird trotzdem noch nicht verzichtet", bemerkte der Pfarrer.

„Nein, die Wickel tun so gut. Die lasse ich noch oben auf der Fahrt", strahlte der Chorleiter sichtlich erleichtert darüber, dass das Hausmittel die Tournee gerettet hatte.

„Aber ich will dann keine Topfenbröckerl am Boden von meinem Bus haben!", wandte der sympathische Busfahrer, der das Gespräch verfolgt hatte, ungefragt ein, während er rauchend neben ihnen stand, anstatt irgendjemandem beim Beladen des Busses zu helfen.

Ernst Holzinger kam unmittelbar vor der Abfahrt eilig aus dem Gemeindeamt, um noch schnell jedem Kirchenchormitglied beim Einsteigen die Hand zu schütteln und dem Chorleiter alles Gute für diese für das internationale Ansehen von Gramakirchen so bedeutende Tournee zu wünschen, und bedauerte zutiefst, die Gruppe aus unverschieblichen politischen Verpflichtungen heraus nicht höchstpersönlich begleiten zu können.

Der Busfahrer setzte sich ans Steuer, und Pfarrer Santak verteilte noch schnell so viel Weihwasser auf der Windschutzscheibe und der regenbogenfarbenen Aufschrift *Fußharz-Reisen* samt riesiger Weltkarte mit dem wolkigen Äquatorband als Hintergrund, dass absolut sichergestellt war, dass der Kirchenchor auf dieser Tournee doppelt und dreifach mit Gottes Segen unterwegs war. Rasch sprang der Geistliche als Letzter in den Bus, bevor der recht grimmig dreinblickende Chauffeur ohne ihn losgefahren wäre.

Verdächtigungen

„Ernst!"

„Ernstl!!!"

„Ernstiii!!!"

Der Bürgermeister trat ins Wohnzimmer, mit der elektrischen Zahnbürste im Mund, mit der linken Hand unterm Kinn balancierend, um nicht auf den Parkettboden zu tropfen, und mit der Situation entsprechend unwirschem Blick.

„Wosch …?"

Jetzt hatte er doch getropft.

„Ins Veggieversum ist eingebrochen worden!" Friederike Gollinger-Holzinger fuchtelte mit der Fernbedienung in Richtung Fernseher, auf dem der ORF-Teletext lief.

„Da steht: Kakteenausstellung wurde von Landeshauptfrau feierlich eröffnet", nuschelte Ernst Holzinger und fuchtelte sichtlich genervt ebenfalls in Richtung Fernseher, allerdings mit seiner rotierenden Zahnbürste, eine für den gewachsten Parkettboden des Wohnzimmers weniger gute Idee.

„Die Seite hat gerade umgeblättert. Warte kurz!" Seine Frau sah kurz zu ihm auf, dann wanderte ihr Blick den Tropfen folgend zu Boden und wieder retour in das verschlafene Gesicht des Bürgermeisters. „Geh ins

83

Bad und putz fertig. Ich mach' uns zwei Espresso, und dann reden wir weiter."

„Da schau her!" Friederike Gollinger-Holzinger saß am Küchentisch und zeigte ihrem Mann ein verschwommenes Handyfoto. Sie hatte mehr schlecht als recht versucht, die Teletextseite vom Fernsehbildschirm abzufotografieren. Ernst Holzinger setzte seine Lesebrille auf.
„Einbruch in die Firmenzentrale der Veggieversum GmbH. Laut dem Eigentümer Walter Dörflinger hält sich der Schaden in Grenzen, die Verunsicherung in der Belegschaft ist jedoch entsprechend groß." Er nahm die Lesebrille ab und seufzte.
„Seit ich im Amt bin, kommt diese Gemeinde nicht zur Ruhe."
Seine Frau strich ihm über den Arm.
„Ach, Ernstl. Der Papa hat in seiner Amtszeit auch die eine oder andere unangenehme Geschichte erlebt. Aber ich verstehe dich. Im Moment haben wir schon einige Kalamitäten im Ort!"
Ernst Holzinger trank seinen Espresso aus und stand auf.
„Ich muss den Walter anrufen."

„Es ist eigentlich nichts weggekommen. Nur ein ordentliches Durcheinander haben sie angerichtet, diese Pülcher!" Walter Dörflinger öffnete die Türe zur Buchhaltungsabteilung und lies dem Bürgermeister den Vortritt.
„Darf ich?" Ernst Holzinger zögerte.

„Ja, die Polizei hat gesagt, wenn nicht mehr ist, dann schicken sie keine Spurensicherung. Die Beamten haben nur ein paar Fotos gemacht."

„Und die waren nur hier?"

„In der Buchhaltung und bei mir. Ein paar Zettel haben sie in der Marketing-Abteilung herumgeschoben. Und die Schlösser vom Haupteingang, von der Buchhaltung und von meinem Büro haben sie demoliert."

„Und die Alarmanlage?", fragte der Bürgermeister.

„War ausgeschaltet. Und ich bin mir sicher, dass ich sie scharf gestellt hatte. Die Polizei meint, es wirkt ein wenig, als hätte jemand einen Einbruch vortäuschen wollen."

„Wozu soll das jemand tun?"

„Na, die Buchhaltung und mein Büro sind extra abgesperrt. Wenn jemand aus dem Betrieb da einbricht, dann wird er wohl auch das Schloss vom Haupteingang demolieren, damit es so aussieht, als wäre ein Fremder eingebrochen", dozierte Walter Dörflinger.

„Du glaubst also ...?"

„Ich weiß es nicht, aber das würde die abgedrehte Alarmanlage erklären."

„Hast Du jemanden von deinen Mitarbeitern im Verdacht?"

„Nein, überhaupt nicht. Ich verstehe sowieso nicht, was hier so interessant sein soll. Weder bewahre ich hier etwas Wertvolles noch irgendwelche Geheimnisse auf." Der Veggieversum-Eigentümer zuckte mit den Schultern.

Der Bürgermeister deutete auf eine Topfengolatsche, die am Besprechungstisch des Chefbüros lag.

„Ist dir der Appetit auf's Frühstück vergangen?"

„Was?"

„Du hast die Topfengolatsche noch nicht angerührt!"

„Ich esse keine Topfengolatschen", antwortete Walter Dörflinger verwundert. Er starrte das Corpus Delicti an.

„Aber der Manfred!"

Der Bürgermeister sah ihn verständnislos an.

„Der Manfred isst jeden Tag eine Topfengolatsche!"

„Der Fahringer?"

„Der Fahringer."

„Graminger?!"

„Josef, wir sind aufgeflogen."

„Wer spricht da?"

„Der Manfred. Josef, du hast doch meine Nummer eingespeichert."

Josef Graminger saß am Steuer seines schwarzen SUV und schwitzte.

„Was heißt, wir sind aufgeflogen?"

„Ich habe meine Topfengolatsche liegeen lassen."

„Was redest du?" Der Baumeister klang genervt.

„Im Chefbüro. Und der Ernst hat's entdeckt. Und der Walter hat eins und eins zusammengezählt. Und ich habe gestanden."

Der Baumeister schwitzte stärker. Er drehte die Klimaanlage hinauf.

„Du hast was gestanden? Dass du eine Topfengolatsche nicht gegessen und liegen gelassen hast? Und was hat das mit mir zu tun?"

„Josef. Der Alois und ich waren gestern Nacht in der Buchhaltung und im Chefbüro. In deinem Auftrag. Und ich ess' eben jeden Tag eine Topfengolatsche. Und die habe ich beim Walter am Tisch stehen lassen."

„Du isst jeden Tag eine Topfengolatsche?"

„Seit der Volksschule."

„Und das wissen alle?"

„Die Kollegen vom Veggieversum haben mir zum letzten Geburtstag einen Gutschein für 50 Topfengolatschen geschenkt."

„Und du hast deine Topfengolatsche mit ins Büro vom Walter genommen?"

„Ja."

„Und du hast sie zum ersten Mal seit der Volksschule nicht gegessen, sondern auf seinem Besprechungstisch liegen lassen?"

„Ja."

„Und der Walter hat sie gefunden?"

„Nein."

„Wie: nein?"

„Der Ernst hat sie gefunden."

„Unser Bürgermeister?"

„Ja."

„Und daraufhin hat dich der Walter zur Rede gestellt?"

„Ja."

Das Hemd des Baumeisters klebte am klimatisierten Fahrersitz fest. Er fuhr rechts ran, parkte sein Auto und holte tief Luft.

„Was hast du dem Walter gesagt?"

„Alles."

Stille.

„Was alles?"

Der Baumeister löste sein Hemd von der Rückenlehne des Fahrersitzes, stieg aus seinem Wagen und zündete sich eine Zigarette an.

„Na, warum der Alois und ich eingebrochen sind."

„Und von mir?"

Stille.

„Hast du ihm auch von mir erzählt?"

„Ja, alles."

Der Baumeister legte auf.

Spanferkel - Grillabend

Johnny Scheuringer stand stolz vor seinem sehr großen gemauerten Griller im Hof seines Wirtshauses. Eigenhändig hatte er diesen mächtigen Ofen aus alten Wappenziegeln errichtet, die beim Abbruch des alten Spritzenhauses zu haben waren, als dieses vor einigen Jahren der Verbreiterung der Bundesstraße weichen hatte müssen. Um alle Details wie das Fach für die Kohlen und Grillaccessoires und die seitlichen Wandscheiben, auf denen der Drehspieß aufgelagert war, mit ganzen Ziegeln im perfekten Raster aufmauern zu können, waren die Abmessungen des Ofens etwas aus den Fugen geraten, sodass eine Ecke des Hofes von diesem Do-it-yourself-Monument völlig dominiert wurde. Eine Zeitlang hing deshalb sogar der Haussegen im *Goldenen Bock* schief. Die Wirtin verzog sich bis heute bei Grillereien in der Küche, da ihr das Werk ihres Gatten ein großer Dorn im Auge ihres beschaulichen Innenhofs war.

Der Wirt pinselte das aufgespießte Ferkel liebevoll rundherum mit Öl ein und zog ihm die Aluminiumgamaschen von den Spitzbeinen. Er legte noch ein wenig Holzkohle nach und blickte zufrieden auf den Leckerbissen am Drehspieß, dessen Schwarte schon Farbe bekam.

Das Wetter war perfekt, kein Wölkchen am Himmel und vor allem kein Wind, der die rot-weiß karierten Papiertischtücher und die Servietten mit dem Wirtshauslogo von den in Reih und Glied auf die Gäste wartenden Biertischgarnituren wirbeln hätte können.

„Jetzt kann ich mir noch in Ruhe ein Gramakirchner gönnen, bevor der Wirbel losgeht", dachte er bei sich und ging zur Schank.

„Mir auch eines, bitte."
Der Wirt fuhr herum. Der *Goldene Bock* hatte noch nicht geöffnet, und auch das Personal war noch nicht da.

„Josef, jetzt hast du mich erschreckt! Wie bist du hereingekommen? Wir haben ja noch zu."

„Entschuldige, ich wollte dich nicht schrecken und auch nicht stören. Ich geh schon wieder", sagte der Baumeister in sehr resignativem Tonfall.

„Na, bleib doch da! So hab' ich das nicht gemeint." Er stellte Josef Graminger ein frisch gezapftes Gramakirchner Pils auf die Theke. „So: bitte sehr!"

„Die Tür war offen", rechtfertigte sich der Baumeister mit ungewöhnlich leiser Stimme. „Danke!" Er nahm einen großen Schluck.

„Willst du reden, Josef?" Der Wirt beugte sich zu seinem unerwarteten Gast.

„Ich weiß nicht."

„Josef, so habe ich dich ja noch nie gesehen. So schmähstad."

Der Baumeister seufzte.

„Ich bin mir auch in meinem ganzen Leben noch nie so blöd vorgekommen. Ich bin ein richtiger alter Trottel." Der Wirt seufzte.

„Josef, wir sind alte Freunde, und ich möchte dich nicht anlügen. Ja, du warst ein richtiger Trottel. Aber der Walter hat euch verziehen, und er hat die Anzeige zurückgezogen. Also ist die Geschichte auch schon wieder vorbei."

„Vorbei?" Der Baumeister saß da wie ein Häufchen Elend. „Ich kann mich doch nirgends mehr sehen lassen. Alle zerreißen sich das Maul über mich. Auch wenn sie hinter meinem Rücken tuscheln, ich merke das doch! Und die Mitzi weiß noch gar nicht, wie deppert ich mich aufgeführt habe. Wenn sie mit dem Chor von der Tournee zurückkommt, lacht die zweite Hälfte vom Ort auch noch über mich. Ich bin für immer blamiert, Johnny. Und es geschieht mir recht."

„Josef, jetzt reiß' dich zusammen! Ich bin Mitglied der Taskforce zur Aufklärung der Ereignisse rund um meine Renate. Und wir haben am Anfang auch nicht keine Mutmaßungen in eine gewisse Richtung gehabt. Jeder im Ort hat irgendwie den Walter verdächtigt, da seine Finger im Spiel zu haben. Erst durch eure Aktion und das dadurch ausgelöste Angebot vom Walter, dem Peter die *Veggieversum*-Bücher offenzulegen, konnte jeder diesbezügliche Zweifel ausgeräumt werden. Also hat euer Blödsinn schließlich auch etwas Gutes gehabt. Jetzt kann sich die Taskforce voll und ganz auf andere Verdachtsmomente konzentrieren."

Der Wirt kam hinter der Schank hervor und klopfte dem Baumeister aufmunternd auf die Schulter.

„Auch wenn eure Methode tatsächlich nicht in Ordnung war. Und dann noch das Hoppala vom Fahringer Manfred mit seiner Topfengolatsche." Er lachte und schüttelte den Kopf. „Aber jetzt: Schwamm drüber!"

Die beiden Freunde stießen an, und Josef Graminger rang sich endlich ein müdes Lächeln ab. Der Wirt zapfte zwei weitere Gramakirchner.

„Wir in Gramakirchen schauen vor und nicht zurück! Und ich muss jetzt wieder auf das Spanferkel schauen. Komm mit, und hilf mir beim Einpinseln, du alter Depp!"

Er legte seinen Arm um die Schulter des Baumeisters und nahm ihn mit in den Hof.

„Also, Johnny, mein Freund ..." Josef Graminger blieb bewundernd vor dem Monster-Grill stehen und legte nunmehr seinerseits den Arm um die Schulter des Wirtes. „..., jedes Jahr bewundere ich als Mann vom Fach diesen sehr besonderen Griller und bin beeindruckt, mit welcher handwerklichen Qualität du als Laie dieses Werk schaffen konntest. Hut ab!"

„Danke, Josef. Dein Lob bedeutet mir viel", erwiderte der Wirt gerührt und pinselte glücklich sein Spanferkel ein.

Knödel-King – Investigationen

Der Geruch des Spanferkelessens vom Vorabend zog sich noch unverkennbar durch alle Räume des *Goldenen Bocks*. Erfahrungsgemäß hielt sich der Geruch noch tagelang in den Vorhängen und Sitzpolstern, ähnlich wie nach der Bärlauch-Woche.

Und auch den Mitgliedern der Taskforce, die sich pflichtbewusst am Sonntag Früh zur Dringlichkeitssitzung in der Gaststube versammelt hatten, war die Teilnahme an der gestrigen Veranstaltung von Weitem anzusehen. Die Brauerei, die das Gramakirchner Pils abfüllte, konnte jedenfalls einen Tag mit außergewöhnlich gutem Absatz verbuchen.

Aufgrund der aktuellen Brisanz wollte man jedoch trotz der langen letzten Nacht das Zeitfenster nutzen, das sich aktuell dadurch bot, dass aufgrund der Abwesenheit des Gemeindepfarrers und des Kirchenchors ausnahmsweise einmal kein Sonntagsgottesdienst in Gramakirchen stattfand. Pfarrer Santaks am Ende der letzten Messe ausgesprochene Empfehlung, während seiner Abwesenheit ausnahmsweise nach Groß Öding zu fahren, um dem dortigen Sonntagsgottesdienst beizuwohnen, war bei seiner Kirchengemeinde offenbar irgendwie schnell in Vergessenheit geraten.

„Griaß' eich, Männer!", begrüßte Renate Scheuringer die Runde. „Ich hab' euch eine gute Eierspeise mit Speck und Zwiebeln gemacht, mit vier Eiern für jeden! Weil ihr extra für mich so früh aufsteht! Und einen starken Kaffee."

„An manchen Tagen beneide ich den Johnny, dass er im *Goldenen Bock* schlafen kann, das würde sich für uns auch öfter auszahlen", scherzte Alfred Pointinger schmatzend. Das Katerfrühstück der Wirtin hatte die Lebensgeister der vier Herren wiederhergestellt.

„Ich danke euch für euer Kommen", fuhr der neue designierte Leiter der Taskforce und Feuerwehrhauptmannstellvertreter in ernsterem Ton fort. „Ich bin froh, dass wir nunmehr unseren Freund Walter definitiv aus den Ermittlungen ausklammern können."

„Und, dass er sich gestern wieder mit dem Josef versöhnt hat", unterbrach ihn Johnny Scheuringer und lachte.

„Wie sich's bei uns in Gramakirchen gehört", ergänzte der Bürgermeister.

„In jeder Hinsicht", pflichtete Peter Gerl schelmisch grinsend bei. Sie alle hatten das hoffentlich nicht viral gegangene Bild von Walter und Josef im Kopf, als diese nach unzähligen Versöhnungsschnapserln aneinander gelehnt neben dem Spanferkelgrill eingeschlafen waren, und der junge Kellner den Sauschädel zwischen ihren beiden eingesunkenen Köpfen positioniert hatte.

„So."

Alfred Pointinger räusperte sich, um die Aufmerksamkeit zurückzubekommen.

„Also, das ist erfreulich. Und es hat unsere Investigationen auch auf eine neue Ebene gebracht. Der Peter hat ja alles in seiner Macht Stehende schon vor der Gründung unserer Einheit getan, um die Aufklärung der Ereignisse zu unterstützen. Leider hat dies nicht zu den erhofften Erkenntnissen, was die Hintermänner dieser dubiosen Gesellschaft betrifft, geführt."

Peter Gerl nickte bestätigend und zuckte bedauernd mit seinen Schultern.

„Daher möchte ich nunmehr gemeinsam erörtern, welche Wege wir noch beschreiten können, um diesen Machenschaften auf den Grund zu gehen beziehungsweise welche Strategien wir entwickeln sollen, um diesen Betrügern das Handwerk zu legen."

Der Bürgermeister begann und erläuterte seine Idee, seine Kontakte bei der Wirtschaftskammer anzuzapfen, um das vermeintliche Firmengeflecht zu enttarnen. Leider musste dieser ambitionierte Plan nach entsprechender fachlicher Aufklärung durch den Steuerberater, dass man auf diesem Wege auch keinen erhofften Einblick in die Eigentümerverhältnisse erlangen würde, fallen gelassen werden.

Der Wirt war der Nächste und beschrieb seine Taktik, über seine Kontakte zum Gastro-Großhandel herauszufinden, wer die Einkaufsrechnungen der *Knödel-King* Lokale beglich.

Auch dieser ambitionierte Plan musste nach entsprechender fachlicher Aufklärung durch den Steuerberater, dass man auf diesem Wege ebenso keinen erhofften Einblick in die Eigentümerverhältnisse erlangen würde, fallen gelassen werden.

Schließlich spielte der Leiter der Taskforce und seines Zeichens langgediente Lehrer seinen Talon aus: er hatte herausgefunden, dass eine ehemalige Schülerin von ihm in der Lohnverrechnung der Fast-Food-Kette arbeitete.

Abermals musste ein ambitionierter Plan nach entsprechender fachlicher Aufklärung durch den Steuerberater, dass man auf diesem Wege sicher keinen erhofften Einblick in die Eigentümerverhältnisse erlangen würde, fallen gelassen werden.

Die Taskforce war rat- und hoffnungslos.

Renate Scheuringer blickte in die Gesichter der Runde und brachte vorsorglich vier kleine Gramakirchner als Reparatur der Nachwirkungen des Vorabends und Trost für die aktuellen Erkenntnisse.

Kirchenchor – Auf Tournee

Herbert Irdinger schwitzte.

Er saß an Bord einer Hamburger Hafenbarkasse, und an dem flachen Schiff zog gerade ein mächtiges Containerschiff vorbei. Das war aber nicht der Grund, warum der Chorleiter schwitzte. Auslöser für seine in absolutem Widerspruch zum während der Hafenrundfahrt herrschenden kalten Nordwind stehende Transpiration war der baldige Höhepunkt der Konzerttournee seines Gramakirchner Kirchenchors. Und soeben steuerten sie darauf zu: auf die Elbphilharmonie! Die Mitglieder des Chors waren überwältigt vom Anblick des neuen Wahrzeichens der Hansestadt. Ein wahrlich imposantes Bauwerk und würdiges Wahrzeichen der stolzen Hansestadt, das sich mit seiner spektakulären Fassade und Dachlandschaft hoch über die Elbe erhob. Selbstbewusst überragte der extravagante Kulturbau die Hafenanlagen mit ihren unzähligen Kränen, die großen Backsteinblöcke der Speicherstadt und die Musical-Theater auf der anderen Seite des Flusses. Das mächtige Selbstbewusstsein des Konzerthauses beeinträchtige gerade ebenso jenes des Chorleiters.

Er stand an der Reling, die er fest umklammerte, und realisierte mit großer Wucht, wo sie am Abend ihren großen Auftritt haben würden. Im kleinen Saal zwar, aber immerhin. Ausverkauft bis auf den letzten der 388 Plätze. Was für eine Ehre! Herbert Irdinger stand unmittelbar vor dem Gipfel seiner musikalischen Karriere.

Und daher schwitzte er gewaltig.

„Und jetzt sehen sie an Backbord unseren beliebten Musical-Boulevard", schnarrte kurz darauf die Stimme des hanseatischen Ausflugsschiffkapitäns aus den alten Lautsprechern. „Hier können sie die weltberühmtesten Musicals wie *König der Löwen*, die *Eiskönigin* oder *Harry Potter* sehen! Ein unvergessliches Erlebnis für jeden Musikliebhaber!"

„Ludwig, da müssen wir wieder herkommen und uns den *König der Löwen* ansehen, was meinst du?" Albulena Piringer kuschelte sich an ihren Mann und sah ihm tief in die Augen.

„Ja, Schatz", antwortete der passionierte Chorsänger ein wenig ausweichend. „Das wäre schon schön. Aber jetzt fahren wir im Sommer zuerst einmal nach Punta Sabbioni. Dort ist's auch wärmer als hier. Und dann schauen wir, wann sich so eine Musical-Reise ausgeht. Und was das kostet. Und wenn, dann würde ich lieber die *Eiskönigin* sehen, was meinst du?"

„Der *König der Löwen* ist fantastisch", mischte sich die vor ihnen sitzende Maria Steininger in ihr Gespräch ein. „Die *Eiskönigin* ist auch toll, aber wenn ihr zum ersten Mal herkommt, würde ich euch den *König der Löwen* empfehlen."

„Warst du schon hier in einem Musical?", fragte Albulena Piringer ehrfürchtig.

„Elf Mal!" Maria Steininger hatte auf die Frage gewartet und spulte stolz die Liste ab. „Dreimal *König der Löwen*, zweimal *Cats*, und je einmal *Elisabeth*, das *Phantom der Oper*, *die schöne und das Biest* ..." Sie seufzte glücklich. „*Ich war noch niemals in New York, der Schuh des Manitu und* letztes Jahr *Pretty Woman*!"

„Siehst du, Ludwig?" Albulena Piringer sah ihren Mann vorwurfsvoll an.

Dieser blickte nicht minder vorwurfsvoll zur Großbäuerin und Musical-Liebhaberin.

Nach der vormittäglichen Hafenrundfahrt hatten die Chormitglieder mittags Zeit zur freien Verfügung bis zum gemeinsamen Vorbereiten auf den großen Abend.

„Komm, Herbert! Wir zwei holen uns ein kühles Jever!" Maria Steininger hakte sich beim Chorleiter unter. „Du siehst so aus als würdest du das jetzt brauchen." Herbert Irdinger wirkte dankbar darüber, dass sich jemand seiner annahm.

„Und was machen wir zwei?", fragte Ludwig Piringer seine junge Frau.

„Ich habe Hunger. Lass' uns ein Fast-Food-Lokal suchen", meinte diese, und sie verließen die Landungsbrücken und schlenderten in Richtung St. Pauli.

„Ludwig, schau!" Albulena Piringer fuchtelte aufgeregt mit ihrer Hand in Richtung Reeperbahn.

Die Leuchtreklamen der einschlägigen Etablissements waren auch zur Mittagszeit in ihrer neonfarbenen Aufdringlichkeit nicht zu übersehen.

„Albulena, da gehen wir nicht hin", wiegelte ihr Mann streng ab.

„Aber Ludwig, schau doch! Eine Knödel-King Filiale!"

Ludwig Piringer schaute – groß.

„Der Knödel-King in Deutschland. Ein Wahnsinn. Das glaubt uns daheim keiner!"

Sofort machte er ein paar Beweisfotos.

„Bena, komm. Stell dich her! Wir machen ein Selfie, das ich der Taskforce schicke!"

Statt für ein Selfie zu posieren, fuchtelte seine Gattin noch aufgeregter mit ihrer Hand in Richtung des Fast-Food-Restaurants.

„Ludwig, schau!"

„Ich schau doch schon, Bena! Jetzt komm doch her!"

Albulena Piringer hatte keinen Kopf für ein Selfie.

„Ludwig, hast du ihn gesehen?"

„Wen?"

„Den, den …" Ihr wurde bewusst, dass ihr Mann sich nicht auskennen konnte.

„Na, den Mann, der gerade aus dem Knödel-King gekommen ist."

„Ja, und?"

„Das war der Verkäufer!"

„Was für ein Verkäufer?"

„Na, der von den Porzellanfiguren!" Sie biss sich auf die Lippen. Sie hatte ihm nicht erzählt, dass sie auf der

Verkaufspräsentation im *Goldenen Bock* war. Sie musste ihm nach ihrer Übersiedelung vom Kosovo in sein Haus, das seither aussieht wie ein ansehnliches Porzellanfigurenmuseum, versprechen, ihre Sammlung nicht noch weiter auszubauen.

„Was für ein Porzellanfiguren-Verkäufer? Ein Kosovare?" Ludwig Piringer war zunehmend verwirrt.

„Kein Kosovare. Ein Deutscher, glaube ich."

„Wieso kennst du einen deutschen Verkäufer? Du bist doch zum ersten Mal in deinem Leben in Deutschland?"

„Aus dem *Goldenen Bock*", erklärte Albulena Piringer ein wenig kleinlaut, da sie sich so in einen Wirbel geredet hatte.

„Was macht ein deutscher Verkäufer im *Goldenen Bock*?" Ludwig Piringer schaute verdutzt. „Beziehungsweise: was machst du mit einem deutschen Verkäufer im *Goldenen Bock*?"

„Ich habe ein Pierrot-Pärchen gekauft, Ludwig."

„Du hast was?"

„Ein Stück für meine Porzellanfiguren-Sammlung." Sie sah ihrem Mann schuldbewusst in die Augen.

Ludwig Piringer lachte erleichtert.

„Ach so! Ich war schon fast ein wenig eifersüchtig, Schatz!" Er nahm seine Frau um die Hüfte.

„Komm, lass' uns in den Hamburger Knödel-King leckere Quark-Knödel essen gehen! Dort kannst du mir das Ganze noch einmal in Ruhe von Anfang an erklären!"

Gramakirchner Kirtag

Das Tagada drehte sich so schnell, dass einem beim bloßen Hinschauen schlecht wurde. Die coolsten drei Burschen der Gramakirchner Feuerwehrjugend standen im Zentrum der Scheibe, die Hände demonstrativ in den Hosentaschen ihrer engen Jeans, um an Lässigkeit nicht überboten werden zu können. Ihre Altersgenossinnen saßen eng aneinandergereiht auf der wild rotierenden Sitzbank, versuchten vergeblich ihr Hairstyling zu retten und kreischten oder machten Selfies. Im Hintergrund wummerte Britney Spears mit *Baby One More Time*, alle paar Takte jäh unterbrochen vom Ausrufer des Fahrgeschäfts, des sogenannten Rekommandeurs, der die Stimmung mit seinen in unverwechselbarem Joe-Cocker-Timbre ins Mikrofon gekrächzten Anfeuerungen weiter anzuheizen versuchte: „Extrarunde. Einmal geht's noch! Jetzt kommt das Grande Finale!"

Gleich neben dem sich immer wilder drehenden Tagada wurde gerade ein kleiner, leicht korpulenter Junge von seinem leicht angeheiterten und schon grundsätzlich überambitionierten Vater dazu genötigt sich in die sperrige Gurtweste des Bungee-Trampolins zu zwängen. Der offensichtlich verängstigte Bub stemmte sich verzweifelt dagegen und deutete hilfesuchend auf ein apathisch in den Seilen des benachbarten Trampolins hängendes heulendes Mädchen, aber selbst der parallel dazu ablaufende Interventionsversuch der besorgten Mutter konnte den Vater nicht erweichen und schon katapultierte er seinen festgezurrten Stammhalter erbarmungslos in schwindelerregende Höhen.

Ludwig Piringer saß neben seiner Albulena am Steuer seines neongelben Flitzers im hellerleuchteten Autodrom. Er strahlte über das ganze Gesicht und wartete gespannt auf das Signal, um seinen Fahrchip in der Motorhaube versenken und losstarten zu können. Noch schnell bevor der Strom für die nächste Fahrt angeschaltet wurde, legte er seiner jungen Frau die Gurtschlaufe um. Eine weise Idee, da ihr Wagen sofort ungewollt Vollgas nach hinten startete und sie beide nach vorne katapultiert wurden. Albulena Piringer fiel unsanft in ihren Gurt, und ihr Mann am Steuer stieß sich ebendieses in die Rippen, verkniff sich jedoch jede Regung und drehte hektisch das verstellte Lenkrad, um den Vorwärtsgang einzulegen und endlich so souverän wie möglich und geplant seine Runden über die glänzende Stahlfläche zu ziehen.

Josef Graminger steuerte so zielstrebig auf die Schießbude zu, dass Maria Steininger, die sich bei ihm eingehängt hatte, Mühe hatte mit ihren Stöckelschuhen Schritt zu halten. Der Baumeister bezahlte vorsichtshalber fünf Runden, legte schwungvoll seinen Trachtenjanker ab und das Gewehr an – Pose professioneller Jäger auf der Lauer. Die Vorführung war ein Triumph für den geübten Weidmann, der die Zielscheibe mit dem zerfetzten inneren schwarzen Ring wie eine Trophäe vom Schießbudenbesitzer in Empfang nahm, und Maria Steininger schleppte den restlichen Abend einen lebensgroßen Plüsch-Pandabären mit sich herum.

Alfred Pointinger assistierte Peter Gerl beim Halten des schweren Hochdruckstrahlrohres. Wer den Wasserdruck unterschätzte, konnte leicht das Gleichgewicht verlieren. Der ehrgeizige Dilettant richtete den Wasserstrahl beinahe so genau auf sein Ziel wie der erfahrene Baumeister geradeeben das Luftdruckgewehr. „Peter, solche Leute wie dich können wir immer gut gebrauchen in unseren Reihen!", schmeichelte der Feuerwehrhauptmannstellvertreter seinem Freund, musste ihm dann jedoch höflich, aber bestimmt den Schlauch abnehmen, damit er Platz für die in der Schlange auf das Zielspritzen wartende Dorfjugend machte.

Pfarrer Santak bückte sich schnell, hob das komische scheibenförmige Ding auf, legte es zurück an seinen Platz auf dem Marktstand und wollte weitergehen. Doch der Verkaufsinstinkt des Standbesitzers war schneller und so schnitt ihm dieser den Weg ab, um ihm den abgelegten Fidget Spinner vorzuführen.
„Schauen sie, Herr Pfarrer", erklärte er, während er den hippen Handkreisel, den Verkaufsschlager der letzten beiden Saisonen, gekonnt auf seinem Finger

herumwirbelte. „Das geht ganz einfach, da sind Hochwürden in Nullkommanix ein Profi!"

Herbert Irdinger hatte die Szene beobachtet und versuchte dem mit der Situation offensichtlich hochgradig überforderten Pfarrer herauszuhelfen.

„Sagen sie, wozu sind diese Dinger da?", wandte er sich von hinten an den Verkäufer und fuchtelte mit einem regenbogenfarbenen Plastikteil vor dem immer noch rotierenden Fidget Spinner herum.

„Das ist ein Pop it", versuchte der Standler die Intervention abzuwehren, wandte dem Störenfried den Rücken und sich wieder dem Dorfpfarrer zu.

„Das ist ja hübsch!" Pfarrer Santak ergriff den Strohhalm des Chorleiters und Interesse heischend das eigenartige an eine Luftpolsterfolie erinnernde Spielzeug. Zumindest dieses bedrohlich drehende Teufelszeug war er damit los.

„Ja, das ist der neueste Trend, Hochwürden. Viel cooler als der Fidget Spinner", pries der Verkäufer die bunte Noppenplatte in der Hand des Geistlichen an. „Und auch sehr nützlich: es hilft Stress abzubauen und hilft gegen Langeweile!"

Der Dorfpfarrer poppte die Plastiknoppen ratlos erst in die eine, dann in die andere Richtung, offenbar in Erwartung, dass dieser Trend gleich noch seine versteckten Finessen offenbaren würde. Der Standler merkte das erlahmende Interesse und preschte rasch mit einem Sonderpreis „das zweite Pop its um die Hälfte" vor. Pfarrer Santak und Herbert Irdinger teilten sich brüderlich den Rabatt und zogen mit ihren bunten Gadgets weiter.

Renate Scheuringer zog ihren Mann durch die Gasse der Marktstände. Vorbei an den Fußball-T-Shirts, den Lederjacken, den Strandtüchern und den Baumwoll-Sommerkleidern. Selbst die handgefertigten Seifen und Duftkerzen, die Lavendel-Kissen und das Holzspielzeug ließ sie links liegen. Der Speck, der Käse, das Olivenöl und die Backformen interessierten sie nicht. Zielstrebig steuerte sie auf den Mann mit der Nostalgie-Zuckerwattemaschine zu.

„Frau Wirtin!", rief ihr der ältere Herr schon von Weitem zu und tauchte einen Stab in die Trommel mit den wirbelnden Wattefäden, die sich schnell zu einer riesigen rosaroten Zuckerwattewolke spannen. „Bitte sehr, Gnädigste." Der galante Verkäufer überreichte die Köstlichkeit mit einer ausladenden Geste. „Frau Wirtin werden jedes Jahr jünger!" Johnny Scheuringer bezahlte den Charmeur samt obligatorisch hohem Trinkgeld und biss auch einmal tief in den zuckersüßen Wattebausch seiner Gattin.

Ernst Holzinger bummelte mit seiner Friederike gemächlich von einem Stand zum anderen und hatte für jeden Verkäufer und jede Standlerin ein paar nette Worte, ganz der joviale Volksvertreter. Aber auch er hatte einen Favoriten im Visier. Am Stand mit den Lebkuchenherzen angekommen begann er denselben Small-Talk wie schon vorher, und scheinbar ganz zufällig griff er nach einem in der Ecke verkehrt herum liegenden großen Herz, drehte es um und hängte es seiner überrumpelten Gattin um. „Meiner liebsten Fritzi" stand in grellroter Schreibschrift auf dem selbst am Dekolletee der Bürgermeistergattin etwas überdimensioniert wirkenden Herzen. Friederike Gollinger-Germ nahm ihren Ernst gerührt in die Arme und drückte in an sich, so gut dies ging, ohne das sperrige Geschenk gleich zu zerquetschen.

„Ernstl!", unterbrach ein gehetzter Walter Dörflinger abrupt die romantische Szene, indem er dem Bürgermeister etwas unsanft mit seiner Fleischhauer-Pranke auf den Rücken hieb. „Ich habe dich schon überall gesucht! Wir müssen doch zum Anstich! Das Festzelt ist schon fast voll, und die Leute haben alle einen Durst!"

Die Biertische waren tatsächlich schon gut gefüllt, und das beliebte Max-Koglinger-Quintett hatte bereits begonnen, sein einschlägiges Repertoire abzuspulen. Die Gramakirchner waren ein dankbares Publikum der jedes Jahr beim Kirtag auftretenden Band. Alle wollten die immer gleichen alten Bierzelt-Hadern hören, und die Band lieferte, was die unkritische Zuhörerschaft verlangte - eine harmonische, wenn auch musikalisch nicht sehr hochstehende Symbiose.

Das *Veggieversum*-Logo mit seinem markanten veganen Leberknödel prangte am großen Bierfass, das zentral vor der Bühne darauf wartete von den beiden Honoratioren angestochen zu werden.

Walter Dörflinger nahm im Selbstverständnis des Sponsors den bereit gelegten Schlegel zur Hand, besann sich aber in letzter Sekunde eines Besseren, reichte ihn dem Bürgermeister und trat diesen anfeuernd zur Seite, was ihm offensichtlich nicht sehr leichtfiel. Dafür reckte er das erste nach dem erfolgreichen Anstich gefüllte Bierglas in die Höhe und prostete strahlend und ein wenig gönnerhaft der Menge zu, untermalt von einem ordentlichen Tusch des Max-Koglinger-Quintetts.

Ernst Holzinger trat ans Rednerpult. „Danke Max! Ein Applaus für unsere Musik!"
Friederike Gollinger-Holzinger blickte bewundernd zu ihrem Gatten. Sie war stolz, wie er in seiner Rolle als Oberhaupt der Gemeinde aufging. Und wie er sich zu einem richtig guten Redner gemausert hatte!
„Und unser ganz besonderes Dankeschön gilt natürlich unserem großzügigen Sponsor Veggieversum! Prost, Walter!"
Der Bürgermeister ließ den Applaus verebben, dann wandte er sich in die andere Richtung und begann nach einer dramaturgischen Pause mit getragener Stimme.
„Und nun ist es mir eine Ehre und große Freude, die Mitglieder unseres großartigen Kirchenchors heute hier retour in ihrer Gemeinde willkommen zu heißen, nachdem sie erst gestern spätnachts, wie alle wissen, von ihrer erfolgreichen internationalen Tournee heimgekehrt sind!"
Er applaudierte in Richtung des Chorleiters und seiner Sängerschar, die an zwei Ehrentischen Platz genommen hatten. Herbert Irdinger erhob und verbeugte sich mit gewohnt hochrotem Kopf.

Der Bürgermeister saß gemütlich neben seiner Friederike und genoss das süffige Gramakirchner Pils und genoss es, die Pflichten seines Amtes für heute erledigt zu haben.

„Ernstl."

Ludwig Piringer zwängte sich neben ihn auf die Bank.

„Griaß' di, Luigi."

Ernst Holzinger drehte sich zum Raiffeisen-Filialleiter und Chorsänger.

„Na, wie war's in der Hansestadt? Das war bestimmt ein unvergessliches Erlebnis für euch, in so einem Rahmen eure Sangeskünste präsentieren zu können!"

„Es war unbeschreiblich!"

Albulena Piringer war ebenfalls an den Bürgermeister-Tisch gekommen und antwortete für ihren Mann.

„Aber das können wir dir später noch ausführlich erzählen, Ernstl", unterbrach ihr Gatte. „Zuerst müssen wir dir von unserer wichtigen Begegnung auf der Reeperbahn erzählen!"

Der Bürgermeister schmunzelte ein wenig anzüglich, aber Ludwig Piringer blieb ernst.

„Albulena, erzähl du!"

„Wir haben eine Spur!"

„In Sachen Knödel", ergänzte ihr Mann.

„Eine heiße Spur!"

Ernst Holzinger schaute verwirrt.

„Jetzt spann' den Armen nicht so auf die Folter! Erzähl!"

„Also, nach der Hafenrundfahrt hatte ich Hunger und …".

„Wir hatten beide Hunger.", unterbrach sie Ludwig Piringer.

„Also, wir hatten beide Hunger. Und da gingen wir von den Landungsbrücken in die Reeperbahn ..."

„Auf die Reeperbahn."

„Erzähl du einfach weiter, Ludwig!" Albulena Piringer sah ihren Mann entnervt an.

„Nein, nein, Liebes. Aber man sagt eben: auf die Reeperbahn gehen und nicht in die Reeperbahn." Ernst Holzinger sah die Gattin seines Stammtischkameraden an, rollte vielsagend mit den Augen und ermunterte sie, sich nicht irritieren zu lassen.

„Also, wir hielten Ausschau nach einem Fast-Food-Lokal, und auf einmal sehe ich den Verkäufer ...", fuhr Albulena Piringer fort.

„Nein, zuerst den Knödel-King." Der Raiffeisenbank-Filialleiter und Sparvereinsobmann konnte es nicht lassen.

„Die Hamburger Knödel-King-Filiale, um genau zu sein", funkelte sie ihren pingeligen Mann an.

„Wo wir dann Quark-Knödel gegessen haben", entfuhr es Ludwig Piringer. „Bei den Piefke nennen sie die Knödel von der Renate Quark-Knödel! Quark! Aber geschmeckt haben sie eigentlich wie Topfen-Knödel ..."

„Jetzt lass deine Frau ausreden!" Selbst Ernst Holzinger war mittlerweile die Geduld mit seinem Freund gerissen.

Albulena Piringer nickte dem Bürgermeister dankend zu und fuhr präzise mit der Schilderung ihrer Beobachtungen und Schlussfolgerungen fort. Nur bei den Passagen, wo sie den Bezug zu ihrer

Porzellanfiguren-Sammelleidenschaft erläuterte, wurde sie ein wenig ausschweifend.

Ernst Holzinger nahm einen langen Schluck von seinem Bier.

„Wir müssen die Taskforce einberufen. Jetzt gleich. Es sind schließlich alle hier."

Er erhob sich, drehte sich zur pflichtbewussten Informantin und schüttelte ihr die fest die Hand.

„Danke, Albulena. Gute Arbeit!"

Topfenwickel

Die Taskforce war schnell zur Sondersitzung im Bierzelt versammelt. Zum Glück machte das Max-Koglinger-Quintett gerade eine Trinkpause.

Johnny Scheuringer, Alfred Pointinger und Peter Gerl waren diensteifrig an den Bürgermeister-Tisch geeilt und lauschten gespannt den Worten ihres Gemeindeoberhauptes.

„Ich bin erleichtert", schloss Ernst Holzinger seine Ausführungen. „Ich bin erleichtert, dass sich die internen Verdächtigungen gegenüber einem redlichen Bürger von Gramakirchen wohl als haltlos erweisen werden. Und ich bin optimistisch, dass wir es schaffen werden, das unserer Renate widerfahrene Unrecht wieder gutzumachen und den oder die Verantwortlichen zur Rechenschaft zu ziehen."

Alle waren begeistert über den glücklichen Zufall, der hier Regie geführt hatte, und der wahrscheinlich helfen würde, Licht ins Dunkel dieser skandalösen Angelegenheit zu bringen.

Jetzt lag es ganz in den Händen der Taskforce, den Sack zuzumachen!

„Wir zeigen das Schwein an!", preschte Alfred Pointinger aufgeregt vor.

„Die Renate will keine Anzeige erstatten", antwortete Johnny Scheuringer ruhig.

Peter Gerl nickte.

„Und auch wenn wir jetzt meinen, ein Missing Link zwischen dem *Goldenen Bock* und dem *Knödel-King* gefunden zu haben: die Suppe ist nach wie vor zu dünn, um den Rezept-Diebstahl beweisen zu können."

„Aber das Momentum ist jetzt auf unserer Seite", ergänzte Ernst Holzinger. Alle sahen ihn ein wenig konsterniert an.

Die Taskforce war nach wie vor ratlos, aber hoffnungsfroh.

Der Bürgermeister bestellte vier Gramakirchner Pils für die Runde. Wenn das Spesenkonto der Gemeinde nicht dazu da war, wofür dann?

„Wir müssen den Kerl dazu bringen, dass er sich verplaudert", sinnierte Peter Gerl.

„Na, dann fahre ich nach Hamburg, gehe auf die Reeperbahn und ...", setzte Johnny Scheuringer leicht ironisch an.

„Nein, Johnny. Ich meine das durchaus ernst", unterbrach ihn der Herr Magister und versuchte seinen Gedanken weiterzuspinnen, was gerade nicht so einfach war, da das Max-Koglinger-Quintett soeben seine Pause beendet und mit weiteren allseits beliebten Schlagern fortfuhr.

„Ohne Krimi geht die Mimi nie ins Bett,
nie ins Bett, nie ins Bett!

Ohne Krimi tut's die Mimi leider nicht,
und es brennt die ganze Nacht das Licht.
Jeden Abend geht die Mimi in die Heia um halb Zehn,
aber niemals ohne vorher an den Bücherschrank zu geh'n,
keinen Goethe, keinen Schiller, holt sie aus dem Schrank heraus,
nein, einen superharten Thriller sucht sich Mimi aus!"

Wie sollte man da einen klaren Gedanken fassen?

„Ohne Krimi geht die Mimi nie ins Bett,
nie ins Bett, nie ins Bett!
Ohne Krimi tut's die Mimi leider nicht,
und es brennt die ganze Nacht das Licht.
Ich möchte schlafen, doch die Mimi will lesen!
Ich möchte schlafen, doch die Mimi ist erst auf Seite 104,
wo der Killer aus Manhattan Zyankalisuppe kocht,
für den Richter, der ihn damals in Chicago eingelocht.
Ich muss alles miterleben, denn das Beste liest sie laut.
Ich liege zitternd neben ihr und hab 'ne Gänsehaut.

Ohne Krimi ... "

„Wir müssen ihn bei seiner Eitelkeit packen!", platzte Alfred Pointinger heraus.

„ ... kann nicht schlafen, denn die Mimi muss lesen.
Die nächste Leiche wart ich gar nicht erst ab und schleiche ... "

„Was?"

*„ ... dem Zimmer, aus der Wohnung, auf die Straße in
die Bar,*
*denn dort machen ein paar Klare mir den Schädel
wieder klar.*
Bei dem Mixer an der Theke bin ich Dauerabonnent,
*bei ihm bleib ich, solang bei mir zu Haus das Licht
noch brennt.*

Ohne Krimi ... "

„Warte kurz, bis das Lied vorbei ist!"

„ Mimi hat den Krimi und die Interpol,
und ich den Alkohol!
Ja, that's right.
Mimi hat den Krimi und die Interpol,
und ich den Alkohol, Prost!"
Der Bürgermeister applaudierte höflich, erhob sich
dabei und bedeutete diskret den Mitgliedern der
Taskforce, dass der Bürgermeister-Tisch neben der
Bühne wohl nicht der geeignete Ort für vertiefende
strategische Überlegungen wäre.

Der *Würstel-Wolfi* hatte neben seinem knackwurstrosa
Würstel-Truck, der wie jedes Jahr hinter dem
Autodrom stand, zum Glück noch einen Tisch für die
vier Schlager-Flüchtlinge frei. Der Wolfi hieß
eigentlich Richard, aber das passt leider
alliterationsmäßig nicht zu Würstel. Und mit Richard

war würstelbezogen nichts zu machen. Knacker-Kurti, Frankfurter-Franz, Bosna-Bernd, Eitrigen-Erwin, Griller-Gustl oder Senf-Seppi. Aber Richard? Ein Gemüse-Truck, ja: Rohkost-Richard, Rettich-Richie oder Rhabarber-Rich. Aber Richard Ranningers Würstel-Passion erforderte einen Künstlernamen.

Der *Würstel-Wolfi* freute sich über die Aufwartung des Bürgermeisters samt Entourage und kredenzte der honorigen Runde ein Würstel-Potpourri aufs Haus.

„Wie hast du das mit der Eitelkeit gemeint?", knüpfte Johnny Scheuringer an die im Bierzelt angestellten Überlegungen des Feuerwehrhauptmannstellvertreters an.

„Ich meine, dass man ihm eine Falle stellen muss, damit er sich verplaudert", spann Alfred Pointinger den Gedanken weiter.

„Na klar. Der wird bestimmt jedem Gramakirchner nach dem dritten Bier erzählen, dass er der Renate ihr Rezept gestohlen und damit die Knödel-King-Kette gegründet hat!"

Der Wirt schien nicht überzeugt zu sein.

„Ich habe nicht gesagt, dass das einfach geht!"

„Und du hast auch nicht gesagt, dass es ein Gramakirchner sein muss", sprang Peter Gerl dem Ideengeber bei.

„Stimmt", bestätigte das Gemeindeoberhaupt.

Leider brachte auch die schlagerfreie Zone beim *Würstel-Wolfi* vorerst nicht den Durchbruch zur zündenden Idee.

„Was sitzt's denn so still und ernst im hintersten Winkel, wenn wir Kirtag haben?"

Friederike Gollinger-Holzinger hatte Ausschau nach ihrem Mann gehalten, nachdem sie den Bürgermeister-Tisch verwaist vorgefunden hatte.

„Schatz, wir haben uns aufgrund einer überraschenden Wendung zu Beratungen der Taskforce in Sachen Topfen-Knödel-Affäre zurückgezogen", rechtfertigte sich Ernst Holzinger in staatstragender Manier.

„Na, und jetzt wisst ihr offenbar nicht weiter rund um unseren Topfenwickel?", lachte seine Frau über sein gestelztes Gerede.

„Topfenwickel – das ist originell", lachte der wortspielaffine Würstel-Wolfi.

„Vielleicht braucht ihr meine weibliche Intuition als frischen Input für eure Überlegungen?"

Die Bürgermeistergattin setzte sich neben ihren Mann, und Alfred Pointinger berichtete bereitwillig den Status ihrer Besprechung.

Knödel-King – Der Plan

Die Wirtin des *Goldenen Bock* stand, so einladend es der geringe Abstand zwischen Hausmauer und Gehsteigkante zuließ, vor dem Eingang ihres Dorfgasthofes und begrüßte die einlangenden beiden Damen herzlich.

Im Extra-Stüberl wurden sie bereits erwartet. Neben der Taskforce waren Friederike Gollinger-Holzinger, Maria Steininger und Albulena Piringer zum konspirativen Treffen erschienen.
Herta Haberfellner und Erika Smetana waren schon grundsätzlich verwirrt über die Einladung nach Gramakirchen gewesen, die große Runde gab ihnen den Rest und sie nahmen nur ein leises „Grüß Gott" murmelnd ziemlich verschreckt auf der Eckbank Platz.

Ernst Holzinger, ganz Mann des Volkes, bemerkte die Verunsicherung ihrer Gäste und ging sofort auf sie zu. „Holzinger. Ernst. Verehrung, die Damen. Ich bin der Bürgermeister dieses schönen Fleckens und darf sie in unserem Namen ganz herzlich begrüßen und mich sehr dafür bedanken, dass sie unserer Einladung so schnell Folge geleistet haben! Und bevor wir sie genauer über die Gründe dieser Zusammenkunft informieren, darf ich vorausschicken: sie sitzen hier nicht auf der Anklagebank!"

Er lachte über seinen auflockernd gemeinten Witz, der die beiden älteren Damen allerdings nur noch ein wenig näher zusammenrücken ließ.

„Sie sind da, weil wir sie um ihre Unterstützung in einer für uns alle höchst unangenehmen und im wahrsten Sinne des Wortes höchst delikaten Angelegenheit bitten möchten!"

„Was darf ich ihnen den zu trinken bringen, meine Damen?", unterbrach ihn Renate Scheuringer.

„Mir einen Verlängerten", antwortete Erika Smetana, die ihre Fassung einigermaßen wieder gefunden hatte. „Mit einem Glas Leitungswasser, bitte."

„Und hätten sie einen Latte Macchiato für mich?" Auch Herta Haberfellner wirkte wieder etwas gelöster als beim Eintritt ins Extrastüberl.

„Nein, so was haben wir im *Goldenen Bock* leider nicht, aber ich kann ihnen einen guten Cappuccino machen!", erwiderte die Wirtin.

Herta Haberfellner nickte zustimmend. „Aber bitte ohne Kakao obendrauf. Das mag ich nicht."

Die Wirtin nahm die expliziten Anweisungen augenrollend zur Kenntnis.

Ernst Holzinger hatte wieder Platz genommen und nahm einen kräftigen Schluck von seinem Gramakirchner Pils. Ein wenig kamen ihm Zweifel, ob der gemeinsam ausgeheckte Plan mit den beiden eingeladenen Damen durchführbar sein würde.

Friederike Gollinger-Holzinger spürte die Verunsicherung ihres Gatten und entschloss sich vorzupreschen, bevor die Zweifel des der Taskforce dessen Umsetzung gefährden würden.

„Ich darf mich ebenso wie vorhin mein Mann vorstellen", wandte sie sich an Herta Haberfellner und Erika Smetana.

„Und natürlich auch die anderen Anwesenden." Dabei warf sie ihrem Gatten einen vorwurfsvollen Blick für sein diesbezügliches Versäumnis zu. Sie begann bei den Mitgliedern der Taskforce und schloss mit Albulena Piringer.

„Sie erinnern sich vielleicht an die Frau Piringer, die war schon einmal mit ihnen hier im Extrastüberl!"

Die beiden älteren Damen blickten höflich, aber ohne den blassesten Schimmer der Erinnerung in Richtung der jungen Kosovarin.

„Bei der Porzellanfiguren-Verkaufsvorführung von *Fußharz-Reisen*! Frau Piringer ist eine leidenschaftliche Sammlerin, hat sich mit ihnen die Präsentation von Herrn Schleinzer angehört. Und sie ist am Ende auch mit einem Pierrot-Pärchen nach Hause gegangen!"

Albulena Piringer strahlte die beiden Damen an wie ein fleischgewordenes Hummel-Porzellanfigürchen und nickte bei jedem Halbsatz der Bürgermeistergattin bekräftigend zur Bestätigung.

„Tut mir leid, da waren so viele Menschen!" Erika Smetana schüttelte den Kopf.

„Nein, ich kann mich nicht an die Dame erinnern." Auch Herta Haberfellner zeigte kein Zeichen des

Wiedererkennens. „Aber die herrlichen Topfenknödel von der Frau Wirtin, die sie uns kredenzt hat! Die Köstlichkeit haben wir nicht vergessen, gell Erika?!"

Renate Scheuringer kam mit einem Tablett Getränken retour und servierte den Damen ihren Kaffee.

Hinter ihr betrat Walter Dörflinger das Extrastüberl, einen großen Hartschalen-Vertreterkoffer hinter sich herziehend, den er recht unsanft auf einen leeren Tisch wuchtete, in die Runde grüßte und Platz nahm.

„Walter, Du betrittst die Bühne wie aufs Stichwort", begrüßte ihn Friederike Gollinger-Holzinger mit Küsschen links-rechts und stellte ihn sofort den beiden neben ihm sitzenden Damen vor.

„Herr Dörflinger ist unser ehemaliger Dorf-Fleischhauer, Gründer und Alleineigentümer der *Veggieversum GmbH*! Ich bin sicher, sie kennen einige seiner wunderbaren fleischlosen Würstelkreationen."

Die beiden Damen nickten ihm respektvoll zu, hatten aber offensichtlich keine Ahnung, wovon die Bürgermeistergattin sprach.

„Und der *Vegana Cosmetics*!", ergänzte Walter Dörflinger und schlug stolz und etwas zu kräftig mit seiner Fleischhauerpranke auf den Vertreterkoffer, dass der Verlängerte und der Cappuccino der beiden Damen auf die Untertassen überschwappten.

Herta Haberfellner und Erika Smetana zuckten und rückten wieder enger zusammen.

„Walter", versuchte Friederike Gollinger-Holzinger wieder zu moderieren. „Bitte sei so nett und zeige Frau

Haberfellner, Frau Smetana und uns deine tolle, neue Kollektion! Die Damen wissen noch gar nicht, was es damit auf sich hat."

Das ließ sich der Unternehmer nicht zwei Mal sagen. Er drehte die Schnallen des Koffers zu sich, klappte diesen feierlich auf und drehte ihn im Stil eines Juwelierverkäufers bei der Präsentation eines Brillanten Colliers an eine zahlungskräftige Kundin schwungvoll um 180 Grad.

Die beiden Damen blickten neugierig in den Koffer. Da gab es Cremen für Stirn, Augen, Nase, Lippen und das restliche Gesicht, Hände, Füße und alle übrigen Körperteile für jeweils Tag und Nacht bzw. Morgen und Abend, jeweils für sehr trockene, trockene, normale, fettige und sehr fettige Hauttypen, aber jedenfalls vegan.

Walter Dörflinger schilderte euphorisch die Vorzüge der neuen Linie im Gesamten und ging auch speziell auf jedes einzelne Produkt ein.

„Für den trockenen Hauttyp haben wir eine Salbe aus Ringelblumenextrakt entwickelt, sodass die Haut langanhaltend vor Witterungs- und sonstigen Umwelteinflüssen geschützt bleibt ..."

„Geh, Herr Dörfinger ...", unterbrach ihn Erika Smetana.

„Dörflinger."

„Pardon, Dörflinger", fuhr sie fort. „Ringelblumen und alle Ingredienzien, die sie da so erklären, die haben schon meine Mutter und meine Großmutter verwendet. Das ist nichts Neues, dass die besten Salben aus der Natur kommen."

Walter Dörflinger schluckte.

„Aber sie haben das wirklich sehr schön verpackt! Das muss man ihnen lassen."

Ein sehr schwacher Trost für den gerade noch so motivierten Unternehmer.

„Danke. Ja, ähämm." Er räusperte sich. „Und wir haben uns notariell dazu verpflichtet, für jedes verkaufte Produkt einen Baum zu pflanzen."

„Na, bumm", erwiderte Herta Haberfellner. „Dann wird das aber nicht billig sein, wenn man jedes Mal einen Baum mit zahlen muss!"

„Unsere Premium-Qualitätsprodukte sind entsprechend der Erkenntnisse unserer Zielgruppenanalyse natürlich preislich eher im oberen Segment angesiedelt …", stotterte der nunmehr gründlich aus dem Konzept gebrachte *Vegana Cosmetics* Eigentümer.

„Aber das ist ja für uns unerheblich", sprang ihm Ernst Holzinger bei. „Wichtig ist, dass ihnen die Produkte gefallen, meine Damen. Sie sollen sie ja nicht kaufen, sondern verkaufen!"

Jetzt war es an den beiden Damen, endgültig völlig verwirrt zu sein.

„Verzeihen sie", sprang Friederike Gollinger-Holzinger in die Presche und setzte sich zu ihnen. „Wir sind ja ein wenig konfus heute. Ich erzähle ihnen jetzt einmal, warum wir sie heute eigentlich zu uns nach Gramakirchen gebeten haben, und warum ihnen der Walter seine vegane Naturkosmetikproduktlinie präsentiert hat!"

Dauerwellen

„Kamm in!"

Jeden ersten Dienstag im Monat folgte die Gramakirchner Damenrunde dem Werbespruch des örtlichen Hair-Design-Studios ihrer Freundin Brigitte „Gitti" Manninger, nur ein paar Schritte vom *Goldenen Bock* entfernt ebenfalls an der Bundesstraße gelegen. Der gemeinsame Friseur-Besuch war ein liebgewonnenes Ritual und ein mehr als gerechter weiblicher Gegenpol zur Stammtischrunde der Männer.

Maria Steininger, Renate Scheuringer und Friederike Gollinger-Holzinger saßen aufgereiht mit ihren Sektflöten unter den drei Trockenhauben und bekamen den üblichen roséfarben perlenden Nachschub von ihrer Stammfriseurin.

Die drei Freundinnen prosteten sich wie gewohnt mittels der großen Spiegel vor sich zu.

„Wie bist du nur auf die Idee mit der Kosmetiklinie vom Walter und den beiden Damen gekommen, Fritzi?", schrie Maria Steininger ihrer Freundin zu. Friederike Gollinger-Holzinger legte ihre Modezeitschrift zur Seite und duckte sich ein wenig aus der Trockenhaube heraus, um ihre Nachbarin besser zu verstehen.

„Da ist eins ins andere gegangen. Das ist nicht alles nur auf meinem Mist gewachsen." Sie nahm einen Schluck Prosecco.

„Die Damen waren die Idee von der Renate. Sie hat sie auch über ihren Kontakt zum Veranstalter auskundschaftet."

Die Wirtin nickte, soweit dies der geringe Spielraum der Trockenhaube zuließ.

„Aber die Fritzi hat die Grundidee gehabt. Dass wir den Kerl an seinem Schwachpunkt, seiner Gier packen müssen! Und dann haben wir überlegt, dass wir jemanden brauchen, der nicht aus unserem Ort ist, um an ihn heranzukommen. Damit er nicht Verdacht schöpft. Da sind mir die beiden Damen von der letzten Verkaufsvorführung eingefallen. Die waren irgendwie so auffallend begeistert von der Verkaufsfahrt, und außerdem kannte zumindest eine von ihnen den Verkäufer schon von einer früheren Veranstaltung."

„Und dann mussten wir etwas finden, mit dem wir seinen Verkaufsinstinkt am besten ansprechen könnten", rief die Gattin des Bürgermeisters dazwischen.

„Da ist dem Johnny eingefallen, dass der Walter gerade die neue vegane Naturkosmetiklinie entwickelt hat! Der hatte ihm beim letzten Stammtisch ganz euphorisch berichtet und erwähnt, dass er noch nach neuen Vertriebskanälen Ausschau hält!" Die Wirtin war sichtlich stolz, dass auch ihr Mann seinen Beitrag am großen Plan hatte.

„Es ist aber auch wirklich großzügig vom Walter, dass er uns die Produkte gratis als Köder zur Verfügung stellt!"

„Wirklich, gratis?!" Die Friseurin war beeindruckt.

„Er sagt, es ist gleich ein Test für ihn, ob solche Verkaufsvorführungen die richtige Plattform für seine Premium-Linie wären!"

„Bling!"
„Bling!"
„Bling!"
Die Trockenhauben haten ihre Schuldigkeit getan und konnten abgenommen werden. Die Friseurmeisterin hob eine Haube nach der anderen, prüfte den Halt der Dauerwellen kritisch, zupfte hier und da eine Locke fachmännisch zurecht und verpasste dem Styling jeder Kundin noch den letzten persönlichen Feinschliff. Die drei Freundinnen waren wie immer froh, erlöst von den lauten Hauben zu sein, und konnten sich nun wieder voll und ganz den wirklich essentiellen Dingen ihres Friseurbesuchs widmen: ihre Gespräche in normaler Lautstärke fortzusetzen und den Rosé-Prosecco ohne Verrenkungen zu trinken.

„Glaubt ihr, die beiden Damen schaffen das?" Maria Steininger blickte frisch gestylt, aber skeptisch in die Runde.

„Sie sind im Moment unsere einzige Chance", erwiderte Friederike Gollinger-Holzinger.

„Und nachdem sie am Anfang recht überfordert und auch ein wenig eingeschüchtert gewirkt haben, was ich verstehen kann, sind sie dann sehr schnell aufgetaut und waren am Schluss ganz Feuer und Flamme für unsere Sache, nachdem wir ihnen den Hintergrund der ganzen Geschichte erläutert hatten.!" Renate Scheuringer lachte.

„Vor allem, als ihnen der Walter am Ende jeder einen großen Kosmetikmusterkoffer als exklusive Belohnung versprochen hatte!"

„Die Frau Smetana wollte die in Aussicht gestellte Erfolgsprämie am Anfang gar nicht annehmen und meinte, sie würde gerne ohne jeden Eigennutz für unsere gute Sache eintreten."

„Bis ihr die Frau Haberfellner einen ordentlichen Stoß in die Rippen versetzt hat, damit sie ruhig ist!"

„Ab dem Zeitpunkt waren jedenfalls sie richtig professionell und wollten für ihre Rolle genaueste Handlungsanweisungen haben."

„Ja, und wir haben sie dann schließlich wirklich detailliert gebrieft", pflichtete die Gattin des Bürgermeisters bei. „Außerdem waren sie tatsächlich empört, Ich bin sicher, dass sie ihr Bestes geben werden!"

„Jetzt können wir eigentlich nur noch Abwarten und Prosecco trinken!"

Gitti Manninger hatte gespannt gelauscht, war wie immer gleich dienstfrig zur Stelle und öffnete mit einem lauten Knall des Korkens die nächste Flasche für ihre treuen Stammkundinnen.

Knödel-King – Der Köder

„Hallo?!"

„Ja?"

„Hallo?!!!"

„Ja! Bitte. Wer spricht?"

„Haberfellner. Herta."

„Ja, bitte?"

„Haberfellner. Herta."

„Ja, das habe ich verstanden. Bitte, womit kann ich dienen, Frau Haberfellner?"

„Herr Schleinzer?"

„Ja, am Apparat."

„Grüß Gott!"

„Grüß Gott."

„Also, das freut mich, dass wir sie erwischen!"

„Wir?"

„Die Frau Smetana und mich. Erika."

„Aha. Also: womit kann ich den Damen dienen?"

„Wir kennen sie von der Verkaufsvorführung mit den Porzellanfiguren."

„Aha."

„Ja, wir haben beide ein Pierrot-Pärchen erstanden bei ihrer Präsentation. Ein wirklich schönes Stück. Es macht jedes Mal eine Freude, wenn man es anschaut."

„Aha."

„Also, wie gesagt: das freut mich, dass wir sie erwischen!" Herta Haberfellner wusste in ihrer Nervosität nicht mehr weiter.

„Herr Schleinzer?"

„Am Apparat."

„Smetana. Erika."

„Grüß Gott."

„Grüß Gott!"

„Bitte, nochmals: womit kann ich dienen, Frau Smetana?"

„Ja, also. Es geht um Folgendes: wir sind beide, also die Herta und ich, … Wir beide sind glühende Fans von ihnen, Herr Schleinzer."

„Aha. Danke."

„Also: wir finden, dass sie ein begnadetes Verkaufstalent sind, Herr Schleinzer."

„Naja, also ich …"

„Und wir wollten sie gerne kontaktieren, weil wir ihnen gerne einen Geschäftsvorschlag vorschlagen möchten." Auch Erika Smetana war hörbar nervös.

„Aha. Bitte."

„Entschuldigen sie schon, Herr Schleinzer. Wir sind zwei ältere Damen, und wir sind ein bisserl nervös, müssen sie wissen, weil wir machen so etwas nicht alle Tage."

„Ja. Verstehe. Worum geht's denn, Frau Haberleitner?"

„Haberfellner."

„Frau Haberfellner."

„Also ich bin die Frau Smetana. Die Herta ist die Frau Haberfellner."

„Entschuldigen sie, Frau Smetana." Herr Schleinzers Stimme nahm einen genervten Ton an.

„Nein, sie brauchen sich nicht zu entschuldigen, Herr Schleinzer! Nur weil wir ein bisserl nervös sind wegen dem Geschäft." Erika Smetana holte hörbar tief Luft.

„Also Herr Schleinzer: wir haben eine Quelle!"

„Eine Quelle?"

„Keine echte Quelle. Mehr einen Draht. Also eine Möglichkeit, günstig an Waren zu kommen."

„Sehr günstig!" Herta Haberfellner hatte wieder zu sich gefunden.

„Und wir glauben, dass sie der Richtige wären …"

„Ich mache keine Verkaufsvorführungen mehr", unterbrach sie Klaus-Jürgen Schleinzer, dem langsam die Geduld mit den Damen am anderen Ende der Leitung ausging.

„Ach, nicht?"

„Nein."

„Ach, schade." Erika Smetana seufzte.

„Herr Schleinzer!" Herta Haberfellner spürte, dass sie nun all ihr rhetorisches Geschick auspacken musste, um das Steuer noch herumzureißen und den Angerufenen an Bord zu holen.

„Ich appelliere an Ihren Instinkt als Verkaufstalent, als das wir sie kennenlernen durften! Wir haben Zugang zu exklusiven veganen Kosmetikprodukten, fast geschenkt. Alles legal. Ich schwöre beim Herrgott." Herta Haberfellner machte eine Kunstpause, um die Dramatik zu erhöhen.

„Waren im Verkaufswert von zehntausend Euro um tausend Euro." Sie stoppte nochmals. „Mindestens."

„Wo ist der Haken?" An diesem schien Klaus-Jürgen Schleinzer gerade angebissen zu haben.

„Kein Haken! Nur kein Verkäufer", erwiderte Herta Haberfellner prompt.

„Wir können nicht verkaufen. Das merken sie ja jetzt! Und wir kennen niemanden, der das kann."

„Und dann sind sie uns eingefallen", fuhr Erika Smetana unterstützend dazwischen.

„Und was habe ich davon?" Klaus-Jürgen Schleinzer gab sich betont skeptisch.

„Die Hälfte."

„Die Hälfte?"

„Die Hälfte!"

„Fünftausend?"

„Viertausendfünfhundert."

„Mindestens.", besserte Herta Haberfellner nach.

„Und was macht sie so sicher, dass das Zeug so viel wert ist? Und sich verkauft?"

„Meine langjährige Erfahrung auf Verkaufsfahrten", gab Herta Haberfellner fast entrüstet zurück.

„Sie verkaufen das im Handumdrehen an einen einzigen Bus, Herr Schleinzer."

„Das kann ich mir beim besten Willen nicht vorstellen."

„Höchstens zwei Verkaufsfahrten, und alles ist weg", gab sich Erika Smetana selbstbewusst. „Und ihr Risiko ist Null."

„Wieso Null?"

„Wir sitzen schon auf dem Zeug. Sie müssen es nur mehr verkaufen. Wenn es nicht funktioniert, haben sie einen Nachmittag geopfert. Wenn es klappt – und

davon sind wir überzeugt – haben sie in null komma
nix Fünftausend verdient! Zirka."

„Und sie können das! Das wissen wir", legte Herta
Haberfellner schmeichlerisch nach.

Es war kurz still in der Leitung.

„Wann und wo können wir uns treffen?", fragte Klaus-
Jürgen Schleinzer knapp.

Der Hartschalen-Vertreterkoffer mit dem *Vegana
Cosmetics* Logo glänzte in der prallen Sonne des
trostlosen Autobahn-Rastplatzes.

Herta Haberfellner stand schwitzend daneben und
bewachte das wertvolle Stück wie ihren Augapfel,
während Erika Smetana sich zunehmend verzweifelt
bemühte, den scheinbar aussichtslosen Kampf gegen
den Kaffeeautomaten bzw. dessen interaktiven
Touchscreen zu gewinnen.

„Erika, lass es!"

„Na, jetzt hab ich's gleich."

Das war das Stichwort für die hinter ihr wartende
junge Frau, die seit geraumer Zeit darauf spekuliert
hatte, dass Erika Smetana unverrichteter Dinge das
Feld räumen würde. Nun bot sie ihr doch lieber ihre
Hilfe an.

„Uno Latte Macchiato, prego!", rief Erika Smetana
triumphierend und fuchtelte mit einem Coffee-to-go-
Becher vor der schweißnassen Nase ihrer Freundin und
nun auch Kumpanin herum.

„Gracie", gab Herta Haberfellner zurück und nahm den
Plastikbecher entgegen. „Wir sind eine Viertelstunde

zu früh. Bis der Schleinzer kommt, bin ich zerronnen, und das vegane Kosmetikklumpert auch!"

Zum Glück für die Produktpalette und deren Aufpasserinnen zog wie aufs Stichwort eine größere Wolke auf und entspannte die heikle Situation.

Ein schwarzer SUV stoppte so abrupt auf dem Schrägparker gleich neben den beiden Damen, dass sich der gerade so hart erkämpfte Latte Macchiato über Herta Haberfellners verschwitztes Sommerkleid ergoss.

Das gut gemeinte Angebot ihrer Freundin, ihr gleich nochmals einen neuen Kaffee holen zu wollen, wurde mit einem wohl als dankende Ablehnung zu verstehenden säuerlichen Lächeln quittiert.

Und außerdem öffnete sich in diesem Moment auch schon schwungvoll die Fahrertüre des SUVs und Klaus-Jürgen Schleinzer stieg dynamisch aus, setzte seine Ray-Ban auf und fuhr sich durchs gegelte Haar.

„Überpünktlich, die Damen. Das mag ich!"

„Meine Verehrung, Frau ..."

„Haberfellner. Herta."

„Frau Haberfellner, sehr erfreut!" Er deutete eine Verbeugung an und wandte sich um.

„Dann müssen sie Frau Sneschana sein!"

„Smetana. Erika", korrigierte diese Klaus-Jürgen Schleinzer, was er komplett ignorierte. Denn er hatte bereits den Hartschalen-Koffer ins Visier genommen.

Der Köder war ausgelegt.

Knödel-King – Die Falle

„Der Köder war ausgelegt."

Walter Dörflinger saß am Kopf der langen Tafel, die Renate und Johnny Scheuringer extra für die versammelte große Runde im Gastgarten hergerichtet hatten, und blickte in die gespannten Gesichter der Taskforce, der Damen- und der Stammtischrunde, des halben Kirchenchors und einiger Feuerwehrkameraden und Fußballer. Was wie eine gewollte rhetorische Pause in seiner Erzählung der Ereignisse der letzten Wochen wirkte, war wohl eher seiner emotionalen Verhaftung geschuldet. Er hatte sich wirklich hineingetigert in die Aufklärung des Falles. Die anfänglichen Anschuldigungen in seine Richtung hatten ihn sehr getroffen, und ihm war auch klar geworden, dass die Verdächtigungen in seine Richtung ihren Nährboden in der Kluft hatten, die durch seinen blitzartigen Erfolg zwischen ihm und den Leuten plötzlich entstanden war. Und diesen Graben wollte er um jeden Preis wieder schließen.

„Der Köder war ausgelegt", wiederholte er nachdenklich.

„Aber das war erst der Anfang. Da hat noch alles wie am Schnürchen nach euren Regieanweisungen geklappt."

Der bullige Fleischhauer wuchtete sich auf den zarten Barhocker, nahm einen tiefen Schluck Gramakirchner, stellte sein Glas auf das Stehpult und fuhr fort den begierigen Zuhörern die ereignisreiche Geschichte der Falle zu schildern.

„Entschuldigung!"
„Bitte um Verzeihung."
Herta Haberfellner und Erika Smetana schnauften durch den Hintereingang in den Garten des *Goldenen Bocks*.
„Uns ist der damische Bus davongefahren!"
Ernst Holzinger erhob sich, begrüßte die Damen auf das Herzlichste und geleitete sie zu ihren Plätzen.
„Wie aufs Stichwort", setzte Walter Dörflinger seinen Bericht fort und nickte den beiden Neuankömmlingen freundlich zu.
„Ohne die Herta und die Erika wären wir nicht an den Gauner herangekommen! Man sieht den beiden gar nicht an, welche schauspielerische Begabung in ihnen steckt!"
„Wie schon erwähnt: die Damen haben den Köder ausgelegt!"
Er setzte an der Stelle fort, wo er unterbrochen hatte: als Klaus-Jürgen Schleinzer aus seinem schwarzen SUV gestiegen war und den Hartschalen-Vertreterkoffer mit dem *Vegana Cosmetics* Logo ins Visier genommen hatte.

„Mit der Idee, ihn für den Direkt-Vertrieb meiner neuen Kosmetik-Produktlinie anzuheuern, haben wir seine Achilles-Ferse gefunden," strahlte der Unternehmer voller Stolz.

„Aber jetzt, wo ihr da seid, könnt ihr doch viel besser erzählen, wie ihr das eingefädelt habt!"

Die beiden Damen winkten kurz bescheiden ab, schließlich nahm sich aber Herta Haberfellner doch ein Herz, stellte sich zu Walter Dörflinger an das Stehpult und wandte sich an die Runde.

„Grüß Gott! Also: die Erika und ich, wir haben uns das Ganze ja nicht ausgedacht. Wir haben ja nur gemacht, was man uns gesagt hat. Obwohl wir schon sehr nervös waren. Alleine hätte das sowieso keine von uns beiden geschafft." Sie blickte zu ihrer Freundin, die zustimmend nickte.

Sie schilderte minutiös ihren Teil an der Vorbereitung der Falle, die den verdächtigen Rezeptdieb und seine Hintermänner entlarven sollte. Die beiden Freundinnen wussten spätestens, nachdem sie Klaus-Jürgen Schleinzer die tollen Produktmuster aus der neuen Kosmetiklinie vorgestellt hatten, dass sie ihn an der Angel hatten.

Sie schmierten ihm noch reichlich Honig um sein gieriges Maul, indem sie ihm weismachten, dass der Erfolg der geplanten Produkteinführung mit seinem Verkaufstalent stehen und fallen würde.

Und Gott sei Dank erhielt er auch seine Bestätigung. Die erste beiden Verkaufsvorführungen übertriefen selbst die hohen Erwartungen des eitlen Verkäufers. Und so lag es bald auf der Hand, ihn mit ihrem Hintermann bekanntzumachen.

„Ich freue mich sehr, ... Pardon, wir freuen uns sehr, dass wir ihnen haben helfen können. Aber wir waren wirklich nur kleine Rädchen in einem großen Uhrwerk. Das große Pendel, das war schon der Herr Piringer!"
Herta Haberfellner setzte sich begleitet vom höflichen Applaus der Anwesenden zurück an ihren Platz neben Erika Smetana, die ihr ein wenig ergriffen die Hand schüttelte.
„Danke für die Blumen, liebe Herta!"
Der Raiffeisen-Filialleiter und Sparvereinsobmann prostete ihr zu, und ließ den Blick durch die Menge schweifen.
„Ja, und an dem Punkt kam ich ins Spiel!"
Der stattliche Mann erhob sich und fuhr enthusiastisch mit der Schilderung seines Anteiles an der Intrige fort.
Die Damen hatten Klaus-Jürgen Schleinzer ausrichten lassen, dass ihre Quelle sehr gespannt darauf wäre, das Verkaufstalent kennenzulernen, um eine etwaige Ausweitung der Geschäftsbeziehungen auszuloten.
Nach anfänglichem Zögern des Verkäufers überwog seine Gier, und er ersuchte die Damen, das Treffen zu arrangieren.
„Ich habe das erste Meeting platzen lassen", gab sich Ludwig Piringer abgeklärt.
„Man darf Leuten wie diesem schmierigen Händler nicht das Gefühl geben, dass man sie braucht. Ich wollte nicht drängen und so meine Position stärken."
„Ich habe schon geglaubt, das wird nichts mehr."
Herta Haberfellner schüttelte heftig und ein wenig bewundernd den Kopf. „Der Herr Schleinzer ist schon

sehr verärgert gewesen, wie er gewartet hat und der Ludwig nicht erschienen ist."

„Und so bin ich dann zu meinem Besuch beim Knödel-King gekommen!" Der Banker war sichtlich stolz auf seine Performance. Und ebenso blickte auch Albulena zu ihm hoch.

„Ich habe mich ein paar Tage nachdem ich ihn versetzt hatte, kurzfristig wieder bei ihm gemeldet und gemeint: quasi jetzt oder nie, schließlich ist Luigi Pirelli ein vielbeschäftigter Geschäftsmann!"

„Wer bitte ist Luigi Pirelli? Ein italienischer Reifenhändler?" Alfred Pointinger versuchte seine Verwirrung humorvoll zu kaschieren.

„Na ich!" Ludwig Piringer lachte. „Oder hätte ich ihm meine Raiffeisen-Visitenkarte in die Hand drücken sollen, mit besten Grüßen aus Gramakirchen?"

„Und dann bist nach Groß Öding zum Knödel-King?!" Manfred Fahringer hing offensichtlich gespannt an den Lippen seines Feuerwehrkameraden.

„Und dann bin ich nach Groß Öding zum Knödel-King gefahren. Mit dem Dienstwagen von unserem Regionaldirektor. Dem habe ich erzählt, dass ich einen wichtigen Kundentermin habe und ein bisschen Eindruck schinden muss. Was auch geklappt hat. Ich habe mich auf den Behinderten-Parkplatz vom Knödel-King eingeschliffen. Da hat er gleich in der Türe auf mich gewartet, weil das konnte schließlich nur Luigi Pirelli sein, der da angebraust gekommen ist!"

Erika Smetana sorgte vor lauter Begeisterung für einen Zwischenapplaus.

„Und dann habe ich Topfenknödel mit ihm gegessen!"

„Geh!" Renate Scheuringer konnte es nicht glauben.

„Du Hundling!", entfuhr es auch ihrem Gatten spontan.

„Er hat mich eingeladen, dass ich sie unbedingt kosten muss!", rechtfertigte sich Ludwig Piringer vor den ein wenig empörten Zwischenrufern.

„Und genau dadurch ist ja dann erst richtig eins ins andere gegangen!

Aber hört's zu: also ich esse die Knödel, die wirklich gut waren."

Er blickte nun doch ein wenig entschuldigend zur Wirtin.

„Und wir reden so über vegane Kosmetikprodukte, und er will wissen, wie ich derart günstig zu den Musterkoffern komme. Wer dahintersteckt und so. Da bin ich schon ein wenig in die Zwickmühle geraten."

Alle folgten gespannt den Ausführungen des begnadeten Erzählers.

„Da bin ich voll in die Knödel-Offensive gegangen!"

Er baute eine kurze dramaturgische Pause ein.

„Ich habe mir gedacht: jetzt musst du aufs Ganze gehen, Luigi! Also habe ich ihn nach dem Knödel-King gefragt. Nach dem Businessplan, und ob er da etwas zu sagen hat. Da kenne ich mich eben aus als Banker mit solchen Themen."

Er blickte zu seiner jungen Frau, die an seinen Lippen hing.

„Zuerst hat er sich sehr bedeckt gehalten und wollte nichts erzählen. Ich habe gesagt, mich interessieren keine Interna. Mich als Geschäftsmann interessieren

Visionen. Visionen mit Potential. Und dass die Topfenknödel ein Potential haben! Internationales Potential.

Da hat er angebissen, und mir schließlich stolz von ihrer Expansion nach Deutschland erzählt, von der ersten Filiale in München und der zweiten in Hamburg, aber dass sie da auch Probleme haben, weil der deutsche Geschmack ein anderer ist, und weil sie Topfen nicht verstehen, sondern nur Quark, und dass sie sich aktuell eher in einer Konsolidierungsphase befinden und eine weitere Expansion gerade nicht angedacht ist.

Da habe ich gewusst, die brauchen Luigi Pirelli! Und den finanzstarken Investor in seiner Hinterhand!"

Er schlug zur Unterstreichung seiner Worte kräftig auf den Tisch.

„Ich bin aber natürlich nicht mit der Tür ins Haus gefallen. Ich habe in zappeln lassen, den Fisch. Ich habe die Brösel von den Topfenknödeln mit meiner Gabel zusammengekratzt und habe ganz abrupt wieder das Thema gewechselt. Als wäre das Thema Topfenknödel und ihr Potential mit den letzten Bröseln gestorben. Und ich habe ihm meine Visionen von den Entwicklungen des veganen Kosmetikmarktes erzählt. Lokal, regional, national, international, bilateral und multilateral. Möglichst langweilig eben. Und dann habe ich plötzlich wegmüssen. Ich hatte schließlich die Rolle eines gefragten Geschäftsmannes zu spielen. Da habe ich mich entschlossen, ihn einfach allein sitzen zu lassen in seiner Knödel-Konsolidierungsphase."

Die Anwesenden blickten ihn durchwegs ungläubig an. Niemand hätte ihrem Raiffeisen-Filialleiter diese Coolness auch nur ansatzweise zugetraut.

„Na, und dann?"

Herbert Irdinger war gespannt wie ein Regenschirm.

„Wie ging's weiter?"

„Dann habe ich gewartet."

Ludwig Piringer genoss den Augenblick, die Spannung, die in der Luft lag. Die er gerade so gut aufgebaut hatte, wie auch schon gegenüber Klaus-Jürgen Schleinzer.

„Nach zwei, drei Tagen hat er sich natürlich wie erwartet gemeldet. Wir haben uns wieder bei ihm im Lokal in Groß Öding getroffen. Und er hat seinen Partner, Jochen Steiner, der als offizieller Geschäftsführer fungiert, mitgebracht. Ein unsympathischer Bursche. Ein aalglatter Typ, aber enden wollend intelligent. So ein typischer Möchtegern-Millionär, aber ohne wirklich solide Managementerfahrung dahinter. Das merke ich gleich, wenn ich mit Leuten über ihre Businesspläne spreche!"

Er ließ einen vielsagenden, möglichst fachkundig wirkenden Blick in die Runde schweifen. In diesem Moment hätte wohl jeder Einzelne einen Kredit oder ein Sparbuch bei ihm abgeschlossen, so sehr waren alle von seiner Kompetenz überzeugt.

„Langer Rede, kurzer Sinn: ich habe ihnen klar gemacht, dass meine Gruppe ..." Er ließ das Wort auf der Zunge zergehen. „..., dass meine Gruppe global denkt."

Sowohl „Gruppe" als auch „global" machten im Gastgarten des *Goldenen Bock* ebenso viel Eindruck wie vor ein paar Tagen beim *Knödel-King*.

„Dass wir denken, dass das Knödel-King-Konzept weltweit ausgerollt werden kann." Noch so ein Wort: ausgerollt.

„Und dass der logische nächste Schritt jener über den großen Teich wäre! In die Vereinigten Staaten von Amerika. Beginnend mit der Ostküste. Das wäre einerseits logistisch leichter zu bewältigen und andererseits existiert hier eine größere historische Affinität zur europäischen Kultur im Allgemeinen und zur Esskultur im Speziellen."

Der Luigi war wirklich ein ausgefuchster Kerl!

„Aber in den USA kann man nicht einfach Knödel verkaufen. Schon gar nicht um die Preise, die ich mir dafür vorstelle!

In Amerika bringt man keine Produkte auf den Markt. Nein. Man erzählt Geschichten!"

Wieder eine Pause, und ein Schluck Gramakirchner.

„Sie hingen an meinen Lippen, der Herr Schleinzer und der Herr Steiner."

Das konnten sich die Anwesenden, denen es genauso ging, nur allzu gut vorstellen.

„Da habe ich sie gefragt, welche Geschichte sie zu erzählen hätten. Sie haben sich angeschaut, sie haben gezögert, sie haben ein wenig gebraucht, um zu verstehen, was ich von ihnen will. Und dann hat der

Steiner gesagt, sie hätten genau das, was der US-Markt bräuchte: eine alte europäische Familien-Story mit Tradition. Ein von Generation zu Generation weitergegebenes Geheimrezept für ihre Knödel!"

„Meine Tradition wollen die Kerle nach Amerika verkaufen?" Renate Scheuringer war außer sich.

Der gesamten Runde war die Empörung über die Dreistigkeit der Rezept-Diebe in die Gesichter geschrieben.

„Wahnsinn, Luigi", meldete sich der Bürgermeister voller Stolz zu Wort. „Unglaublich, wie du das eingefädelt hast!"

Auch die Wirtin fing sich wieder.

„Vielen Dank, Ludwig. Wirklich toll, wie du das machst."

Ludwig Piringer vulgo Luigi Pirelli nahm dankend die Lobesbekundungen entgegen, und alle waren gespannt auf seine weiteren Schilderungen.

Stattdessen nestelte er sein plötzlich vibrierendes Mobiltelefon aus der Innentasche seines Sakkos und blickte überrascht auf das Display.

Hastig gebot er der Runde mit einer verschwörerischen Geste ruhig zu sein und nahm den Anruf an.

„Herr Steiner, guten Abend!"

Er deutete vielsagend in Richtung seines Ohrs und verschwand in Richtung Extrazimmer.

Stammtisch - Verzweiflung

„Geh, Ludwig, jetzt nimm' s doch nicht so schwer!"
Alfred Pointinger klopfte seinem Feuerwehrkameraden
freundschaftlich auf die Schulter. Dieser blickte von
seinem Platz am Stammtisch wortlos auf, hob sein
leeres Krügel und bedeutete dem Wirt, die Luft aus
einem Glas zu lassen.

„Luigi Pirelli", versuchte es der stellvertretende
Feuerwehrhauptmann nochmals. „Das muss einem
doch einmal einfallen! Und deine Ausführungen zum
Geschäftemachen in den USA: In Amerika bringt man
keine Produkte auf den Markt. Nein. Man erzählt
Geschichten! Genial."

„Hör auf! Bitte." Ludwig Piringer schaute in glasig an.
„Ich weiß, du meinst es gut, aber ich habe mich vor
der versammelten Gemeinde zum Trottel gemacht."

„Du kannst doch nichts dafür, dass diese schmierigen
Burschen nicht zu ihrem Wort stehen und einen
Rückzieher gemacht haben!"

„Ich hätte den Sack zumachen sollen, als ich die
Gelegenheit dazu hatte. Und ich hatte sie. Das ärgert
mich. Es hätte gereicht, mir das Rezept von der Renate
von den beiden Kerlen vorlegen zu lassen, um sie zu
überführen. Aber nein, ich musste noch an den
finanziellen Details unseres internationalen Joint-
Ventures herumfeilen! Jetzt ist die ganze Blase, die ich

so vorsichtig und überschlau aufgeblasen habe, im letzten Moment geplatzt, und wir haben erst wieder nichts gegen die Halunken in der Hand!"

Johnny Scheuringer tauschte das leere Glas des am Boden zerstörten Raiffeisen-Filialleiters gegen ein volles und versuchte ihn ebenfalls zu trösten.

„Ludwig, du bist nicht der Trottel als der du dich jetzt fühlst! Im Gegenteil: wir haben alle großen Respekt vor dem, was du für die Gemeinde und für den *Goldenen Bock* getan hast."

„Danke, Johnny", antwortete der Angesprochene resigniert. „Aber Fakt ist: ich habe schlussendlich gar nichts erreicht. Höchstwahrscheinlich habe ich den beiden Gaunern noch Appetit darauf gemacht, ihre Geschäfte mit Renates Rezept noch weiter auszubauen! Anstatt sie zu Fall zu bringen, habe ich ihnen womöglich noch geholfen mit meiner patscherten Art."

Er trank sein Krügel Bier in einem Zug aus und stellte das leere Glas wieder vor dem Wirt ab, mit der stummen, aber unmissverständlichen Geste, dieses abermals zu füllen.

Etwa beim siebenten Krügel von Luigi Pirelli war die Stammtischrunde vollzählig versammelt.

Jeder der ankommenden Gäste hatte versucht den sich in Selbstmitleid ertränkenden Freund aufzumuntern.

Herbert Irdinger hatte es mit Solidarisierung probiert und seinem Sangesfreund über verschiedenste Rückschläge als Chorleiter erzählt, leider erfolglos.

Renate Scheuringer kam aus der Küche, um dem wie ein Häufchen Elend in ihrer Wirtsstube sitzenden gestürzten Helden zu erklären, dass sie sich alle wegen ihr und dem blöden Rezept doch nicht so viel antun sollten.

Als sie ihm zum Trost anbot, ihm leckere Topfenknödel zu machen, hätte Ludwig Piringer fast zu heulen begonnen, sodass sie beschloss, es mit den Knödeln lieber bleiben zu lassen und ihm stattdessen besser noch ein Gramakirchner Pils zu bringen.

Ernst Holzinger meinte, er könnte seinen Freund mit Zitaten aus dessen Schilderung aufheitern.

„Also die Stelle, als du über die Visionen von den Entwicklungen des veganen Kosmetikmarktes erzählt hast: einfach brillant! So etwas wäre mir nie eingefallen!"

Ludwig Piringer bat ihn, damit aufzuhören, in seinen Wunden zu bohren.

Walter Dörflinger setzte auf Ablenkung und zeigte sich an Details des Businessplans, der mit den Knödel-King-Managern besprochen wurde, interessiert. Er wollte wissen, ob und wie sich der Bankfachmann die vorgespielte internationale Expansion der Kette tatsächlich vorstellen könnte.

Dieser Ansatz half schließlich, den Stammtischfreund aus seinem aus Selbstmitleid gesponnenen Kokon herauszuholen. Vielleicht war es auch einfach dem Alkoholspiegel geschuldet. Aber jedenfalls ging er gerne auf die Fragen des Veggieversum-Eigentümers ein und die beiden spannen ambitionierteste Expansionspläne für die Knödel-King-Kette.

Peter Gerl brauchte daher keine tröstenden Worte mehr, als er zum Stammtisch kam. Er setzte sich zu den beiden Diskutanten, lauschte interessiert ihren wirtschaftlichen Visionen und streute hie und da fachliche Ezzes ein.

Josef Graminger kam wie gewohnt als Letzter. Der Herr Baumeister brauchte immer seinen Auftritt, und die anderen hatten sich über die Jahre daran gewöhnt, dass er meist spät und immer laut die Wirtsstube betrat und zu ihrer Runde stieß.
Aber mit Maria Steininger im Schlepptau war er noch nie zum Stammtisch erschienen. Das war außergewöhnlich für die eingeschworene Herrenrunde.
„Mitzi", begrüßte als Erster der Bürgermeister die Großbäuerin und Lebensgefährtin des Baumeisters sehr verwundert, aber nicht minder herzlich. „Was für ein hübsches Licht in unserer traurigen Runde! Was verschafft uns die Ehre deiner Gesellschaft?"
Maria Steininger küsste Ernst Holzinger kommentarlos auf beide Wangen, bestellte beim ein wenig verdattert dreinschauenden Wirten einen Aperol-Spritz – ein Getränk, dass er grundsätzlich nicht gern zubereitete und jedenfalls noch nie an einem Stammtischrunden-Abend ausgeschenkt hatte – und setzte sich mitten unter die Männer an den Stammtisch.

Knödel-King – Die Wende

Die Luft über der Landebahn flirrte in der Sommerhitze. Seit vor einer halben Stunde die Maschine aus Frankfurt gelandet war, herrschte absolute Stille. Am kleinen regionalen Flughafen waren die Starts und Landungen nicht in Minutenintervallen getaktet.

Peter Gerl saß in einem Lounge-Chair des Flughafen-Restaurants und fuhr mit seinen Fingern über die erhaben golden gedruckten Buchstaben seines Decknamens auf der protzigen anthrazitgrauen Visitenkarte.

Er hätte zu gern ein Gin-Tonic bestellt, so wie der Mann an der Bar neben ihm, mit dünnen Gurkenscheiben und doppeltem Gin, aber er verkniff sich seinen Gusto. Er musste fokussiert bleiben. Und außerdem trank ein echt knallharter Geschäftsmann wahrscheinlich mittags keinen Alkohol. Oder doch? Sollte er vielleicht einen Drink bestellen, gerade weil ein internationaler Investor das machen würde? Offensichtlich war er doch ein wenig nervös. Er beschloss, einen veganen Smoothie zu bestellen, das schien ihm seiner Rolle am angemessensten. Er winkte dem Kellner, änderte kurzfristig seine Meinung und bestellte einen doppelten Espresso. Auch gut.

Maria Steininger betrat das Restaurant und sah sich suchend um. Sie hatte Peter Gerl zwar sofort entdeckt, tat aber so als würde sie weitersuchen, bis sie dann etwas zögernd auf seinen Platz zusteuerte, gefolgt von zwei Männern in enggeschnittenen dunkelblauen Business-Anzügen, mit gegelten Haaren und Sonnenbrillen.

Hätten die beiden Begleiter keine Aktentaschen getragen, hätte man sie für ihre Bodyguards halten können. Und auf den ersten Blick auch irgendwie für Brüder, was aber nicht so sehr an einer Ähnlichkeit im Aussehen als am Gleichklang ihres Stylings und Gehabes lag.

Peter Gerl erhob sich.

„Guten Tag, gnädige Frau", begrüßte er die Großbäuerin förmlich und deutete einen Handkuss an.

„Grüß Gott, Herr Doktor. Willkommen daheim! Sie verbringen ja mehr Zeit im Ausland als in unserem schönen Land. Ich hoffe, sie hatten einen angenehmen Flug!" Sie drehte sich zu ihren beiden Begleitern.

„Darf ich vorstellen? Herr Steiner. Doktor Gerlinger. Herr Schleinzer. Doktor Gerlinger."

Allgemeines Händeschütteln, dann bat Peter Gerl die Runde Platz zunehmen.

Das Gespräch begann mit dem üblichen Smalltalk über das örtliche Wetter und in Frankfurt sowie die Mühen des Fliegens in Zeiten nach 9/11 mit all den übertriebenen Auflagen und langwierigen Sicherheitschecks, dem schlechten Bordservice im Allgemeinen, der wachsenden Unzuverlässigkeit der

Fluglinien im Speziellen und der Erkenntnis, dass man im Sinne der Reduzierung des persönlichen CO_2-Fußabdruckes sowieso mehr auf Videokonferenzen setzen sollte, was jedoch für ein erstes Kennenlernen wie dieses natürlich nicht in Frage käme, noch dazu in einer so wichtigen Angelegenheit, weil man dürfe ja die persönliche Komponente im Geschäftsleben nicht außer Acht lassen und so weiter und so fort.

Nachdem der Kellner durch das Servieren der Getränke für eine wohltuende Zäsur gesorgt hatte, meinte man bereit dafür zu sein in medias res zu gehen.

„Nun, meine Herren. Knödel-King also", begann Peter Gerl vulgo Doktor Paul Gerlinger. „Sie haben da ein durchaus interessantes Business gestartet mit ihrer kleinen Fastfood-Kette!"

Ein wenig herablassend musste er aus seiner Position heraus formulieren.

„Wir sehen uns eher als Systemgastronomie und nicht als Fastfood-Kette, Herr Doktor", unterbrach ihn Jochen Steiner und nestelte eine Visitenkarte aus seiner Tasche, was ihm sein Kompagnon gleichtat. Peter Gerl nahm diese entgegen, nickte wohlwollend und übergab lässig ebenfalls zwei seiner protzigen Karten.

„Fastfood hat am amerikanischen Markt nicht den Nimbus des Billigen wie Hierzulande", dozierte er. „Aber lassen sie uns nicht über Terminologien austauschen. Wie gesagt, finde ich ihr Konzept ausbaufähig. Sonst wäre ich nicht hier. Und natürlich auch, weil ich auf den Geschäftssinn von Frau Steininger vertraue. Schließlich kennen wir uns schon seit langem."

Er warf Mitzi Steininger einen möglichst wohlwollenden Blick zu und nickte bekräftigend, ganz charmanter internationaler Investor.

„Meine Herren", fuhr er fort. „Der amerikanische Markt hat andere Maßstäbe als der österreichische oder deutsche. Da haben wir ganz andere Economies of Scale, aber auch eine ganz andere, viel kompetitivere Situation des Mitbewerbs. Andere Distanzen, völlig andere gesetzliche und logistische Rahmenbedingungen und schließlich einen anderen Geschmack und andere Bedingungen, Möglichkeiten aber auch Einschränkungen hinsichtlich der Zulieferketten."

Jochen Steiner und Klaus-Jürgen Schleinzer wirkten bereits nach den wenigen, von Peter Gerl in abgeklärtestem Manager-Jargon von sich gegebenen Sätzen eingeschüchtert.

„Aber dazu haben sie ja das Know-How meiner Gruppe", beruhigte der US-Profi schnell. „Von ihnen erwarten wir ja nicht, dass sie unser Schiff durch die Wellen der rauhen See des amerikanischen Marktes steuern! Erfahrene Steuermänner, Navigatoren und Matrosen haben wir genügend bei uns an Bord. Und ich als Kapitän würde mich freuen, sie – natürlich nach Abschluss der eingehenden Due Dilligence durch mein Expertenteam – schließlich bei uns an Bord willkommen heißen zu dürfen!"

Die beiden Gäste am Kapitänstisch wirkten nach den beruhigenden Worten des erfahrenen Geschäftsmannes gleich wieder entspannter.

„Ich will offen mit ihnen sprechen. Ihre Kennzahlen sind nicht die Besten. Ihr Return on Investment ist nicht darstellbar, ihre Eigenkapitalquote trotz des von Maria eingebrachten Private-Equity-Kapitals zu niedrig und die Entwicklung am deutschen Markt unter den Erwartungen."
Er gab ihnen kalt warm.

„Aber wenn es darum ginge, würden wir jetzt nicht hier sitzen. Ihr Konzept hat durchaus das nötige Potential für den US-Markt, und mit der Erfahrung und Man-Power meiner Gruppe kann dieses Potential entwickelt werden, sodass wir schlussendlich genügend Substanz und entsprechende Resilienz besitzen, um den Stürmen und Untiefen des Marktes über dem großen Teich trotzen zu können!"

Peter Gerl vermied es tunlichst, dass sein Wording zu sehr jenem seines gescheiterten Vorgängers Luigi Pirelli glich, was schwierig war, da er ebenfalls auf nichts anderes aus war als auf das Geheimrezept.
Immerhin hatte er nach den ersten Minuten seines seemännischen Monologs das Gefühl, dass die beiden gelackten Typen Wachs in seinen Händen wären.
Aber er musste vorsichtig bleiben und durfte den Fehler von Ludwig Piringer sich zu sicher zu fühlen nicht wiederholen.

Stammtisch - Euphorie

Peter Gerl betrat das Extrazimmer und Applaus, durchmischt mit lautem Trommeln auf den Tischen und Stampfen am Boden, brach aus.

Der Eingetretene hob seine Hände, um das ausgelassene Lärmen einzudämmen. Gleichzeitig deutete er auf die bereits vor ihm erschienene und neben Josef Graminger im Herrgottswinkel sitzende Maria Steininger.

„Danke, meine Lieben", versuchte er den Lärm zu übertönen. „Aber euer Applaus gebührt der Mitzi! Ich habe nur eine kleine Rolle gespielt in der Provinzposse."

Der Applaus und das Trommeln und Stampfen wurden lauter, um den bescheidenen Steuerberater wissen zu lassen, dass man seinen Anteil am Erfolg der Mission höher einzuschätzen meinte.

Da ließ sich Peter Gerl doch von der allgemeinen Euphorie mitreißen, griff mit großer bedeutungsschwerer Gestik in die Innentasche seines Sakkos, zog langsam ein Stück Papier hervor, entfaltete es vorsichtig und reckte es schließlich triumphierend in die Luft.

Der Lärmpegel schwoll nochmals an. Der Applaus, das Trommeln und Stampfen wurden durch Bravo-Rufe und unverständliches Gejohle verstärkt.

Peter Gerl stand in der Mitte des Extra-Zimmers, das heimgeholte Geheimrezept hochgereckt wie die Freiheitsstatue ihre Fackel, umtost vom größten Lärm, den das Extrazimmer des *Goldenen Bock*s wohl je erlebt hat.

Ernst Holzinger erhob sich, trat auf Peter Gerl zu und umarmte ihn. Eine Szene, die Gramakirchen so auch nie zu sehen geglaubt hätte, und die den Lärm langsam zum Abebben brachte.

„Herzlichen Dank, Peter", schüttelte das Gemeindeoberhaupt dem Gefeierten die Hand. „Oder besser: vielen Dank, Herr Doktor Gerlinger." Diesen Lacher hatte der Bürgermeister routiniert eingebaut.

Er bedeutete Maria Steininger zu ihm zu kommen, doch diese weigerte sich standhaft und blieb auf der Eckbank sitzen.

„Also gut", gab sich Ernst Holzinger geschlagen. „Aber dann bitte um einen Extraapplaus für unsere Mitzi!"

Nachdem wieder halbwegs Ruhe ins Extrazimmer eingekehrt war, bat der Bürgermeister Peter Gerl der Runde Bericht zu erstatten über seinen erfolgreichen Auftrag.

Der bescheidene Steuerberater räusperte sich. „Vielen Dank, Ernst. Vielen Dank, euch allen. Ich möchte und muss mit Mitzi beginnen." Er blickte zur Großbäuerin, die sich im Herrgottswinkel verkroch.

„Es hat schon sehr viel Courage bedurft sich in einer Situation wie der nach dem unglücklichen Misserfolg der Mission unseres großartigen Luigi Pirelli ...", er nickte Ludwig Piringer zu. „... sich in einer so schwierigen Situation zu outen. Sich zu outen als der geheimnisvolle Investor des Knödel-King, von dem zuerst alle dachten, es wäre der Walter, unser Veggie-Krösus!"

Walter Dörflinger prostete der Runde fröhlich zu.

„Sich zu outen als der vermeintlich böse Geldgeber, der die unlauteren Machenschaften der Rezept-Diebe unterstützt. Niemals wären wir auf die Idee gekommen, dass die Mitzi dieses Scheusal sein könnte." Josef Graminger protestierte nicht ganz ernst gemeint an Stelle seiner Lebensgefährtin.

„Dir hätten wir's eher zugetraut, Josef!", konterte der Steuerberater zum Gaudium der Anwesenden.

„Dass die Mitzi uns reinen Wein eingeschenkt hat und sich in den Dienst unserer Sache, der Aufklärung dieses gemeinen Diebstahls gestellt hat, das war das Entscheidende!"

Wiederum füllte sich der Raum mit Applaus, Trommeln, Stampfen und Gejohle.

„Die Mitzi wusste ja die längste Zeit über nichts von den Gaunereien der beiden Herren. Und sie hätte ja auch nicht zu ihnen gehen und zur Rede stellen oder gar nach dem Rezept fragen können – schon gar nicht als Gramakirchnerin! Ich hätte nicht in deiner Haut stecken wollen, liebe Maria, als du zu ahnen begonnen hast, in welchem Dilemma du als Investorin auf der einen und Freundin von der Renate auf der anderen Seite steckst.

Aber es gab für unsere Mitzi nie einen Zweifel, was zu tun wäre! Und das zu ihrem eigenen wirtschaftlichen Nachteil! Das bitte sehr muss gesagt werden. Von einem Steuerberater."

Diese Pointe hatte Peter Gerl vorbereitet und wiederum wurden seine Worte mit euphorischer Resonanz der Zuhörerschaft quittiert.

„Es wird wohl so sein, dass die Maria durch die Unterstützung unserer Sache einiges von dem von ihr in gutem Glauben in dieses junge Unternehmen investierte Geld verlieren wird. Trotzdem hat sie sich entschieden, den einzigen Weg zu gehen, den sie gehen konnte, wie sie es selbst so schön formuliert hat, als sie uns über ihre Beziehung zu den Knödel-King-Protagonisten informiert hat. Danke, Maria!"

Er verbeugte sich theatralisch in Richtung Herrgottswinkel.

„Und vielen Dank an euch, allen voran an die Taskforce, dass ihr mir euer Vertrauen geschenkt habt, dass ich die Hauptrolle in unserer Intrige spielen durfte, um so meinen Beitrag an der Aufklärung leisten zu können." Er verbeugte sich nochmals, diesmal in Richtung Taskforce.

„Geh, Peter", unterbrach ihn der Bürgermeister. „Du weißt genau, dass keiner von uns einen internationalen Investor spielen hätte können, zumindest nicht, nachdem der Ludwig aus dem Spiel war. Und wie uns die Mitzi erzählt hat, hast du deine Rolle so gut gespielt, dass sie selbst bei dir auch gleich wieder investiert hätte!"

Maria Steininger kam aus ihrer Deckung und protestierte: „Ich würde Doktor Gerlinger zwar tatsächlich alles abkaufen, aber um zu investieren fehlt mir momentan leider das nötige Kleingeld!"

Nach einigen ausgedehnteren Bonmots, die Peter Gerl über sein Treffen im Flughafen-Restaurant und die weiteren Gespräche mit den Knödel-King-Gaunern zum Besten gab – er gefiel sich selbst mit seiner Idee der seemännischen Allegorien, mit denen er seine Gesprächspartner rhetorisch übers Ohr gehaut hatte – bat er schließlich Renate Scheuringer zu sich.

Feierlich überreichte er der gerührten Wirtin – wieder unter tosendem Lärm – die Kopie ihres so trickreich wieder heimgeholten Geheimrezeptes.

Diese war eine Beilage zum Ansuchen um eine Betriebsbewilligung oder „Application for the Operative Licence of a Catering Business in the State of New York, USA according to HACCP standards" wie er das Phantasiedokument nannte.
Er hatte Jochen Steiner und Klaus-Jürgen Schleinzer unter den fadenscheinigsten Vorwänden rund um die amerikanischen Hygienevorschriften, Import- und Zollregeln sowie mit möglichst unverständlichen und

komplizierten juristischen Formulierungen wie „die HACCP-Richtlinien verlangen ausnahmslos das proaktive Vorlegen aller, wirklich aller lebensmitteltechnisch relevanten Unterlagen" ihre kompletten Geschäftsunterlagen samt Geheimrezept abgeluchst, bevor diese überhaupt Gelegenheit hatten über den Redeschwall ihres gewieften Partners nachdenken zu können.

Knödel-King – Der Fall

Jochen Steiner und Klaus-Jürgen Schleinzer saßen in der angesagtesten Rooftop Bar der Landeshauptstadt und prosteten sich mit ihren Signature Drinks zu.

„Der Doktor Gerlinger ist eine Wucht, echt", begann Jochen Steiner. „Was für ein Glück für uns, dass die Maria den kennt. Der öffnet uns das Tor zum amerikanischen Markt! Sperrangelweit!"

„Alter, U-S-A!" Klaus-Jürgen Schleinzer fuhr sich durchs Haar. „United States of America! Und wir mittendrin! Wie geil ist das denn?"

„Big Apple, here we come!"

„Los Angeles, Miami, Chicago, San Francisco, Seattle, Toronto …"

„Toronto ist in Kanada."

„Echt? Egal! Dann eben auch Kanada, und Hawaii!"

„Hawaii gehört sowieso zu den USA."

„Ist das jetzt eine Geographiestunde, oder feiern wir unser Joint-Venture mit der Gerlinger-Group?" Klaus-Jürgen Schleinzer wollte sich nicht mit Details aufhalten, wenn es hier darum ging mit der Knödel-King-Kette die Welt zu erobern.

Jochen Steiners Mobiltelefon klingelte, er nahm ab und erhob sich zum Telefonieren von seinem Platz.

Klaus-Jürgen Schleinzer nutzte währenddessen die Gelegenheit, um via Google-Maps seine Geographiekenntnisse ein wenig aufzufrischen.

Sie stießen vor lauter Aufregung fast vor der Bar zusammen, Jochen Steiner vom Eingang und Klaus-Jürgen Schleinzer von seinem Platz kommend und jeweils den anderen suchend.

„Jochen, unser Facebook-Account …"
„Klausi, unsere Take-Away-Hotline …"

Die schlechten Nachrichten, die sie gleichzeitig, einer per Telefon und der andere über Social-Media, erfahren hatten, platzten aus ihnen heraus.

„So ein Arschloch!"
„Wir Idioten."
„Warum hast du den nicht vorher abgecheckt?"
„Wieso bist du nicht auf die tolle Idee gekommen?"
„Naja, der ist schließlich von der Maria persönlich empfohlen worden."
„Sie kennt ihn ja auch wirklich. Ich verstehe das nicht. Warum verarscht uns der Typ dann?"
„Vielleicht verarscht uns die Maria auch?"
„Aber was hat sie davon?"
„Ich verstehe das alles nicht."

Sie setzten sich an die Bar und bestellten zwei weitere Signature Drinks.
Beide starrten in ihre Mobiltelefone und scrollten durch die Social-Media-Seiten der Knödel-King-Kette.

Am Anfang stand ein Posting mit einem Foto von Renate Scheuringer, die Kopie ihres Rezeptes in der Hand, und dem Text: „Die Knödel-King-Erfolgsstory ist auf Lug und Trug gebaut! Der feschen Wirtin vom Goldenen Bock wurde ihr Geheimrezept gestohlen!" Darunter viele traurige Emojis und enttäuschte sowie auch sehr derbe Kommentare aus der Knödel-King-Community.

„Der wollte in Wahrheit nur an das Rezept!"
„Der hat uns echt nach Strich und Faden verarscht."
„Ich werde sie durch die Stürme und Untiefen des amerikanischen Marktes navigieren!"
„Von wegen!"
„Aber warum interessiert das Rezept einen internationalen Investor?"
„Trottel!"
„Warum?"
„Dieser Herr, wie immer der tatsächlich heißen mag, wird wohl kein internationaler Investor sein."
„Jetzt echt?"
„Oida!"

Die negativen Postings auf Ihrem Facebook-Account häuften sich rasant.
„Das ist ein Shitstorm!"
„Scheiße, ja."
Auf Instagram überschlugen sich die erzürnten Kommentare ihrer Follower.
„Das ist eine Lawine!"
„Wahnsinn."

Die Mobiltelefone der beiden Knödel-King Manager glühten so wie ihre hochroten, schwitzenden Gesichter.

„Das ist eine Katastrophe!"

„Oh mein Gott."

Jochen Steiner und Klaus-Jürgen Schleinzer waren in ihr Büro gefahren und starrten schockstarr auf die Bildschirme.

Der Shitstorm war von ihrer österreichischen Community sofort auf die deutsche übergesprungen und hatte dort erst richtig Fahrt aufgenommen.

Der Deutsche hatte seinem österreichischen Partner immer davon vorgeschwärmt, auf einem Markt präsent sein zu wollen, der um den Faktor 10 größer als der österreichische wäre. In den sozialen Medien spürten sie jetzt richtig, was das in jeder Hinsicht bedeutete!

Ständig läuteten die Telefone, vor allem ihre deutschen Partner verlangten Aufklärung.

„Klausi, hast du eine Ahnung von Krisen-PR?"

„Wie bitte?"

Klaus-Jürgen Schleinzer sah seinen Partner verdattert an.

„Na, hast du im Rahmen Deiner Zuständigkeit für die Öffentlichkeitsarbeit Szenarien für die Kommunikation in derartigen Fällen vorbereitet?"

Der verdatterte Blick wich blanker Wut.

„Mann, hast du sie noch alle?! Was redest du da denn für gequirlte Kacke?"

Er haute mit der Faust auf seinen Schreibtisch und legte seinen Kopf verzweifelt in seine beiden Hände.

„Klausi, das hilft uns jetzt auch nicht weiter, wenn du komplett auszuckst!"

Jochen Steiner blickte verzweifelt zu seinem Kompagnon.

„Was machen wir, wenn sich Journalisten bei uns melden?"

„Ach, so interessant sind wir auch wieder nicht! Und nenn mich nicht Klausi."

„Klaus?"

„Ja?"

„Können wir für das strafrechtlich belangt werden?"

„Wegen dem Rezept?"

„Ja."

„Ich weiß es nicht, aber das ist im Augenblick meine geringste Sorge."

„Lügen haben kurze Beine."

„Geh, lass mich doch in Ruhe mit deinen Stehsätzen!"

Hochmut kommt vor dem Fall.

„Halt bitte den Mund!"

„Aber wenn's doch stimmt!"

Knödel-King – Die Krise

Einen Tag nach dem Shitstorm in den diversen digitalen Kanälen überschlugen sich nun wie erwartet auch die deutschen und österreichischen Printmedien gleichermaßen mit Berichten zum Rezept-Diebstahl.

Knödel-Klau
Knödel-King-Manager unter Betrugsverdacht!

Das Fast-Food-Start-Up steht unter dem schweren Verdacht, seine allseits so vielgelobte Rezeptur heimtückisch von einem österreichischen Landgasthof gestohlen zu haben. [...]
Die Geschäftsführung war für unseren Reporter nicht zu erreichen.

Horstl Bahama/Tagesblatt

Gerade das Schweigen der Knödel-King-Geschäftsführung heizte die Spekulationen entsprechend weiter an.

Topfenknödel-Kalamitäten
Junge Fast-Food-Kette in Erklärungsnot.

Ein Shitstorm braust in den sozialen Medien über den Knödel-King hinweg. Die Geschäftsführer sollen ihr herrliches Knödel-Rezept kaltblütig geklaut haben! Der im Raum stehende Vorwurf wiegt schwer. [...]

Unsere Food-Reporterin hat sich in der Branche umgehört. Insidern zufolge scheinen sich die Verdachtsmomente zu verdichten. Günter D. (Name von der Redaktion geändert), leitender Angestellter bei einem etablierten Mitbewerber meint dazu: „Die Geschäftsführung verfügt über keine einschlägige Branchenerfahrung. Alten Hasen wie mir war von Anfang an schleierhaft, wie das ohne entsprechendes Know-How und fachlich qualifiziertes Management gutgehen sollte. Jetzt ist mir vieles klar."

Lila Baujahr/Rundschau-Magazin

Befassten sich die deutschen Medien mehr mit dem Betrugsskandal und den wirtschaftlichen Problemen des Knödel-King, so fokussierten sich die österreichischen Artikel stärker auf Renate Scheuringer.

Diebeskönige

Die Knödel-King-Kette vor dem tiefen Fall.

Wenn sich die in den sozialen Netzwerken kursierenden Anschuldigungen bewahrheiten sollten,

sind die Tage der so hochgelobten Knödelmacher gezählt. [...]
Seitens des Unternehmens war niemand zu einer Stellungnahme bereit. Wir bleiben dran.

Imre Hallab/Morgenpost

Vor allem die regionale Berichterstattung über den Skandal rückte die bestohlene Wirtin mehr ins Rampenlicht des Geschehens.

Der Knödel-King ist tot!
Lang lebe die Knödel-Queen!
Die Wirtin vom Goldenen Bock ist die wahre Königin.

Die Erfolgsstory der Fast-Food-Kette scheint bald zu Ende geschrieben. Offenbar ist sie von Anfang an erstunken und erlogen.
Renate Scheuringer vom Goldenen Bock im schönen Gramakirchen wurde Opfer dreister Diebe und Betrüger.
Unser Lokalreporter war vor Ort und hat exklusiv für das Bezirksblatt mit der attraktiven Wirtin gesprochen. [...]

Karl Brohasa/Bezirksblatt

Das Telefon läutete, aber niemand nahm ab.

„Die Geschäftsführung verfügt über keine einschlägige Branchenerfahrung. Alten Hasen wie mir war von

166

Anfang an schleierhaft, wie das ohne entsprechendes Know-How und fachlich qualifiziertes Management gutgehen sollte. Jetzt ist mir vieles klar."

Jochen Steiner ließ das Rundschau-Magazin sinken, seufzte und ging zur Kaffeemaschine, um sich den fünften Espresso in einer Stunde herunterzulassen.

„Die Erfolgsstory der Fast-Food-Kette scheint bald zu Ende geschrieben. Offenbar ist sie von Anfang an erstunken und erlogen."

Klaus-Jürgen Schleinzer ballte das Bezirksblatt zu einem großen Knäuel und schleuderte diesen wütend in den Papierkorb, beziehungsweise knapp daneben.

„Dein Zorn bringt uns auch nicht weiter."

„Hat dich bitte schön eigentlich jemand um deine irrelevante Meinung gefragt?"

„Nein, aber das hast du auch nicht, als du das Rezept gestohlen hast!"

„Oh, oohh!"

Klaus-Jürgen Schleinzer sprang von seinem Chefsessel auf.

„So ist das also. Jetzt bin ich der gemeine Rezeptdieb! Und was bist du? Der Bilanz-Fälscher? Der Kreditbetrüger?"

Er kickte wutentbrannt gegen den Papierkorb, so dass sich dessen Inhalt neben dem Bezirksblatt-Knäuel auf dem Teppich des Büros verteilte.

„Klausi, beruhig' dich", versuchte Jochen Steiner zu kalmieren. „Es bringt uns nicht weiter, wenn wir auch noch streiten."

Wieder läutete das Telefon.

„Nenn mich nicht *Klausi,* verdammt noch einmal! Was bringt uns denn bitte weiter?"

Jochen Steiner zuckte mit den Schultern und drehte sich zur Kaffeemaschine.

„Und hör' auf mit dem verdammten Kaffee, das ist dein siebzehnter heute!"

„Mein siebenter, Klausi. Entschuldige: Klaus-Jürgen."

Er ließ den Espresso in die Tasse laufen.

Sie hörten das permanente Klingeln des Telefons gar nicht mehr.

„Klaus-Jürgen. Maria hat uns den Geldhahn zugedreht. Und unsere Banken werden nach der aktuellen Berichterstattung wohl auch nicht begeistert von uns sein. Klaus-Jürgen, wir sind pleite."

Klaus-Jürgen Schleinzer sammelte wortlos den Müll wieder in den Papierkorb und stellte diesen in die Ecke. Dann hockte er sich daneben und vergrub sein Gesicht in den Händen.

Jochen Steiner trat zu seinem Kompagnon und legte ihm tröstend die Hand auf die Schulter.

„Klaus-Jürgen. Wir müssen mit der Maria reden. Ob wir wollen oder nicht. Sonst wächst sich das Ganze noch zu einer echten Katastrophe für uns aus!"

Medienhype

„Renate!"

Johnny Scheuringer lief durch die Wirtsstube, hinter die Schank und in die Küche.

„Re-na-te!!!"

„Ich bin im Extrastüberl!", hörte er Renates Stimme aus dem Extrastüberl, in das er sogleich stürmte.

„Hast du das gelesen?", fragte er seine Frau atemlos und hielt das Bezirksblatt hoch.

„Na, das ist ja heute erst rausgekommen."

Sie fuhr fort, die Tische für die Abendgesellschaft zu decken.

„Warum, gibt's was Neues?"

Der Wirt breitete aufgeregt die Zeitung sehr zum Missfallen seiner Frau auf der gedeckten Tafel aus und las vor: „Der Knödel-King ist tot! Lang lebe die Knödel-Queen! Die Wirtin vom Goldenen Bock ist die wahre Königin. Die Erfolgsstory der Fast-Food-Kette scheint bald zu Ende geschrieben. Offenbar ist sie von Anfang an erstunken und erlogen. Renate Scheuringer vom *Goldenen Bock* im schönen Gramakirchen wurde Opfer dreister Diebe und Betrüger. Unser Lokalreporter war vor Ort und hat exklusiv für das Bezirksblatt mit der attraktiven Wirtin gesprochen."

„Was?"

Renate Scheuringer, die weiter die Tische gedeckt hatte, fuhr herum.

„Mit mir hat niemand gesprochen!"

„Sag' ich doch!"

„Was sagst Du?"

„Na, ich meine: deshalb lese ich dir das ja vor!"

„Wer hat das geschrieben?"

„Karl Brohasa."

„Kenn ich nicht. Ich kenne nur die Frau Tulpner vom Bezirksblatt."

„Das ist doch eine Frechheit!"

„Stimmt. Aber was schreibt er denn, dass ich gesagt haben soll?"

Johnny Scheuringer suchte die Stelle, an der er aufgehört hatte.

„... mit der attraktiven Wirtin gesprochen. Ich bin sehr froh, dass dieser hinterhältige Diebstahl nun aufgedeckt werden konnte. Ich hoffe, dass diesen miesen Betrügern der Prozess gemacht wird."

„Ach geh, sowas würde ich doch so nie sagen!"

„Und ich bin erleichtert, dass meine Ehre als Köchin und die des *Goldenen Bocks* als Aushängeschild der Landgasthauskultur wiederhergestellt ist."

„Geh, bitte", lachte die Wirtin. „Das weiß doch jeder, der mich kennt, dass ich so nicht rede. Kommt noch was?"

„Nur mehr Blabla über die gute Landgasthauskultur in unserem Land im Allgemeinen und unserem schönen Bezirk im Besonderen."

„Aber unser *Goldene Bock* kommt gut weg in dem Artikel. Das ist doch die Hauptsache, oder?"

„In Ordnung ist es nicht, was der schreibt, aber du hast recht."

„Frau Scheuringer?"
Ein Frauenkopf reckte sich suchend durch die Türe des Extrastüberls.
„Ja, das bin ich."
Die Wirtin schaute neugierig auf.
„Lila Baujahr."
„Was für ein Baujahr?"
„Lila. Baujahr. Das ist mein Name."
„Und was machen sie hier? Wir haben geschlossen!"
„Verzeihung. Ich bin Reporterin beim Rundschau-Magazin. Und ich habe geklopft und es hat niemand reagiert ..."
„... und da sind sie einfach hereingekommen!"
„Entschuldigen sie!"
„Ist schon gut. Was können wir für sie tun?"
„Ich würde sie gerne interviewen!"
„Ach, so richtig?"
„Wie, so richtig?"
„Nichts. Passt schon."
Die Wirtin lachte und winkte ab.
„Wegen meinem Rezept, nehme ich an?"
„Ja, also", stotterte die etwas verwirrte Reporterin verlegen. „Ja, ich würde mit ihnen gerne über ihr Rezept und die damit verbundenen Kalamitäten sprechen, wenn das für sie in Ordnung wäre."
„Naja, immer noch besser als sie tun nur so! Kommen's mit in die Stube! Wollen's einen Kaffee?"

171

Die Reporterin folgte Renate Scheuringer ein wenig verwirrt in die Wirtsstube.

„Wer war denn das?"

Herbert Irdinger betrat die Wirtsstube und sah interessiert der Dame nach, die soeben den Raum verlassen hatte.

„Eine Reporterin", antwortete der Wirt knapp und zapfte dem Chorleiter ein Bier.

„Eine Reporterin? Was will denn die?"

„Sie schreibt einen Artikel über unseren Kirchenchor und dessen erfolgreiche Tournee, und dazu betreibt sie Hintergrund-Recherchen!"

Johnny Scheuringer grinste und stellte seinem verblüfften Gast das Bier auf die Theke.

„Na, oder?"

Herbert Irdinger wirkte kurz verunsichert.

„Sie wollte wissen, wie oft du ins Wirtshaus gehst und was und wieviel du trinkst!" Der Wirt konnte sein Grinsen nicht verbergen.

„Geh, du verarscht mich doch nur. Jetzt sag' schon: es geht ums Rezept, oder?"

„Johnny!", unterbrach sie Alfred Pointinger, der wild mit seinem Smartphone in der Luft wedelnd die Wirtsstube betrat.

„Johnny, schau her!"

Er legte sein Telefon auf die Theke und wischte über den Bildschirm.

„Es gibt eine Facebook-Fanpage von der Renate! Mit 1.236 Followern."

„1.238", berichtigte Herbert Irdinger, während er das Display neugierig in seine Richtung drehte.

„Aber die Renate ist doch gar nicht auf Facebook."

Der Wirt schüttelte den Kopf und zapfte zwei Gramakirchner Pils.

„Das muss sie auch gar nicht", erklärte der Feuerwehrhauptmannstellvertreter fachkundig. „Das ist eine Fangruppe. Das kann irgendjemand ins Leben gerufen haben, der auf die Renate steht. Also auf ihre Topfenknödel mein ich natürlich!"

„Ja, dürfen's denn das?"

Johnny Scheuringer war sichtlich irritiert.

„Solange sie nichts Ehrenrühriges oder sonst irgendwie Problematisches verzapfen, ist das erlaubt. Und diese Gruppe ist ja voller Verehrer von der Renate, also von ihren Topfenknödeln meine ich!"

„1.254", ergänzte der Chorleiter dienstbeflissen.

Der Wirt wirkte alles andere als begeistert über die riesige Menge an neuen Verehrern seiner Gattin, die da so plötzlich virtuell aufpoppten.

„Und wenn man das nicht haben will?"

„Wieso willst das nicht haben? Bist leicht gar eifersüchtig, Johnny?", ätzte Herbert Irdinger und schmunzelte.

So schnell konnte sich das Blatt wenden. Jetzt hatte er den Wirten auf der Schaufel!

Knödel-King – Die Übernahme

Der schwarze Elektro-SUV bog sanft auf den Kiesweg und fuhr auf das große Anwesen zu. Der Lindinger-Hof stand majestätisch auf einem sanften Hügel etwas oberhalb von Gramakirchen.
Walter Dörflinger parkte sich fast lautlos vor der neu installierten Wallbox neben dem Küchengarten ein, nahm einen kleinen Blumenstrauß vom Beifahrersitz und stieg aus.

Maria Steininger kam ihm bereits vom Hof entgegen. Ihr Blick fiel auf die Blumen.
„Sind die für mich? Du bist ein Schatz, Walter!"
„Geh, Mitzi. Ich kann doch nicht mit leeren Händen zu dir kommen."
„Das erzähl' einmal dem Josef. Der hatte da noch nie einen Genierer!"
Der Veggieversum-Eigentümer schaute ein wenig verlegen. Er wollte auf keinen Fall in Konkurrenz mit ihrem Lebensgefährten treten.
„Wenn du möchtest, kannst gerne deinen Akku aufladen, während wir zwei unsere Angelegenheiten besprechen", versuchte die Großbäuerin die Situation aufzulockern.
„Ich habe gerade so eine Wallbox installieren lassen, damit meine Gäste hier draussen nicht stranden! Und

du bist vorbildlicher Weise der Erste, der seither elektrisch zu mir hochschnurrt."

„Naja, der Josef braucht seinen 8-Zylinder", antwortete Walter Dörflinger und biss sich gleich wieder auf die Zunge, da er sich nun doch mit seinem alten Freund, mit dem ihn ein nicht unkompliziertes Verhältnis verband, verglichen hatte.

„Vielen Dank, mein Wagen ist voll aufgeladen. Aber ich freue mich, wenn ich meine Akkus bei dir aufladen kann!"

Mit diesem Satz lief sein Kopf in Sekundenbruchteilen hochrot an, und er war froh, dass Maria Steininger sich wegdrehte, um voran ins Haus zu gehen.

„Die beiden Armleuchter kommen in eineinhalb Stunden", begann die Großbäuerin das Gespräch, nachdem sie sich mit zwei Tassen Kaffee an den großen Eichentisch in ihrem Wintergarten gesetzt hatten.

„Zuerst einmal danke, dass du das arrangiert hast, Mitzi", erwiderte Walter Dörflinger.

„Walter", unterbrach sie ihn. „Jetzt hör' aber auf. Wie kann jemand, der so freundlich wie du ist, eigentlich so ein guter Geschäftsmann sein? Der Josef ..."

„Mitzi, bitte!"

„Okay, lassen wir das. Es gibt offensichtlich unterschiedliche Wege zum geschäftlichen Erfolg."

„Apropos geschäftlicher Erfolg: ich würde gerne zuerst mit dir über das neue Marketingkonzept reden, dass meine Leute ausgearbeitet haben. Eine komplett neue Positionierung mit Schwerpunkt auf Topfen statt

Knödel. Vegetarisch natürlich, und mit starkem Fokus auf die weibliche Zielgruppe. Das wird der Hammer, sag' ich dir!"

„Gerne. Dann gehen wir noch kurz die aktuelle Bilanz durch. Und ich habe mir von Peter alle Details zu den Beteiligungsverhältnissen zusammenstellen lassen, die du gerne sehen wolltest."

Der schwarze SUV bog rasant auf den Kiesweg und parkte protzig am Rasenstreifen vor dem Küchengarten.

„Warum musst du dich ausgerechnet hierherstellen?"

„Was geht dich das an, wo ich meinen Wagen parke?"

„Nichts, aber schau doch einmal zur Hausherrin!"

Maria Steininger war soeben herausgekommen und fuchtelte wild mit den Armen.

Der Fahrzeuglenker legte den Retourgang ein und stellte das Auto auf der asphaltierten Fläche vor dem Stadl ab.

„Verzeihung, Gnädigste", flötete Jochen Steiner, nachdem er rasch ausgestiegen und der Großbäuerin entgegengegangen war. „Mein großer Wagen war wohl ein wenig zu breit für den Kiesweg. Das habe ich unterschätzt. Ich hoffe, es sind keine Küchenkräuter zu Schaden gekommen."

„Das Problem wird sich in einer Stunde von selbst erledigt haben, dann ist der große Wagen nämlich nicht mehr ihrer", entgegnete Maria Steininger knapp und bedeutete den beiden verdutzten Herren mit einem unmissverständlichen Wink, ihr ins Haus zu folgen.

Eine dreiviertel Stunde später verließen sie schon wieder den Hof, und Walter Dörflinger chauffierte die beiden zum Bahnhof Groß Öding.

„Wie gesagt, mein Firmenanwalt stellt die Akten diese Woche fertig. Dann sehen wir uns am Montag beim Notar und dann ist alles im besprochenen Sinne erledigt."

„Vielen Dank, Herr Dörflinger!"

Klaus-Jürgen Schleinzer machte einen regelrechten Diener.

„Ich weiß ihre Großzügigkeit zu schätzen!"

Jochen Steiner schüttelte dem neuen Mehrheitseigentümer der Knödel-King-Kette ebenfalls die Hand, brachte jedoch außer einem schmallippigen „Alles Gute!" nichts heraus.

Der schwarze Elektro-SUV surrte davon, und die beiden Ex-Fastfood-Startup-Manager standen vor dem kleinen Bahnhof wie bestellt und nicht abgeholt.

Der typische Steinbau aus der Hochblüte des österreichischen Eisenbahnbaus stand so solide wie einsam an den beiden endlosen Gleisen und hatte, seit der Bahnhofsvorstand samt seinem Schalterbeamten und dem Gleiswart durch einen Fahrkartenautomaten ersetzt worden waren, einen Gutteil seines alten Glanzes eingebüßt.

„Was jetzt?"

„Naja, ich würde sagen, wir sollten uns Fahrkarten für den Zug kaufen!"

Jochen Steiner kommentierte den unerschütterlichen Pragmatismus seines Ex-Kompagnons mit einem verächtlichen Grunzen.

„Und wie macht man das?"

„Woher soll ich das wissen? Ich bin seit meiner Lehrzeit nicht mehr mit der Eisenbahn gefahren. Damals sind wir immer im Raucherabteil gesessen und haben geglaubt, es merkt niemand. Dabei haben wir aus jeder Ritze nach kaltem Rauch gestunken. Morgens und abends."

„Was hast du eigentlich gelernt?"

„Das geht dich gar nichts an!"

„Na, Gastronomie-Management war's wohl nicht."

„Und was hast du für eine Ausbildung? Außer die zum großen Redner?"

Klaus-Jürgen Schleinzer hatte genug von dem lächerlichen Hick-Hack.

„Wo ist hier eigentlich der Schalter?"

„Es gibt schon lange keine Schalter mehr. Hier ist ein Ticketautomat!"

„Hast du Geld einstecken?"

„Nein, du?"

Jochen Steiner setzte sich wortlos auf die einzige Bank in der kleinen Bahnhofshalle, legte seinen Kopf auf die Knie und begann leise zu schluchzen.

Influencerin

Das Extrastüberl des *Goldenen Bock* sah aus wie ein Keramikladen. Überall stapelten sich Teller, Tassen und Schüsseln in unterschiedlichen Farben und Mustern. Nur die Mitte war freigeräumt. Hier stand ein mit einem edlen, weißen Damasttischtuch gedeckter Tisch, und davor türmte sich eine professionelle Kameraausrüstung samt mehreren Stativen, Gehäusen mit unterschiedlichen Objektiven und verschiedensten Blitzlichtständern.

„Schau': Herzerl Rosa!"

Albulena Piringer hob ganz hingerissen eine weiße Schale mit rosaroten Herzen in die Höhe.

„Ich mag' lieber die geflammten Serien", antwortete die ebenso entzückte Wirtin. „Am liebsten klassisch Grün. Aber was sagst zu der?"

Sie hob eine abwechselnd blau und grün gestreifte Tasse in die Höhe und bewunderte diese von allen Seiten.

„Traunsee!"

Die junge Food-Stylistin freute sich, dass ihre Keramik-Auswahl offenbar gefiel.

„Aha, und die?"

Renate Scheuringer hielt eine Schüssel mit gelben, orangen und roten Streifen hoch.

„Landlust."

„Und der?"

Albulena Piringer bestaunte einen Dessertteller mit rotem Rand und einem rotem Schifahrermotiv in der Mitte.

„Rubinroter Toni."

„Sailer?", fragte die Wirtin.

„Wie, Sailer?"

Die junge Food-Stylistin schaute ratlos.

„Na Toni Sailer. Das war ein österreichischer Schifahrer. Vielleicht der Beste aller Zeiten."

„Der Toni war aber der schwarze Blitz von Kitz, und nicht der rote", wandte der eben dazugestoßene Wirt fachkundig ein.

„Ist ja egal", beendete Renate Scheuringer die Mutmaßungen und nahm einen Teller mit Streublumenmotiv hoch.

„Schon auch schön", seufzte sie. „Aber ich bin eben immer schon ein Fan von Grüngeflammt! Was meinst, Johnny? Sollen wir uns eine Garnitur fürs Wirtshaus zulegen? Es würde schon sehr gut in den *Goldenen Bock* passen!"

„Ich weiß nicht, Renate", stammelte der Wirt, die Kosten grob im Kopf überschlagend. „Such dir doch jetzt einmal ein Muster aus, das dir für die Fotos gut gefällt, und dann schauen wir weiter!"

„Es werden sowieso auf allen Keramik-Serien Fotos von den Knödeln geschossen", erläuterte die Food-Stylistin. „Und später setzen wir uns alle mit dem Fotografen und der Art-Direktorin zusammen und treffen eine Vorauswahl!"

„Ach, Renate, das ist ja alles so aufregend", flüsterte Albulena Piringer der Wirtin ins Ohr.

Zwei köstlich auf einem grüngeflammten Speiseteller arrangierte Topfenknödel, perfekt gerundet und gewälzt in goldgelben Semmelbröseln, bestreut mit einem Hauch Staubzucker und garniert mit ein paar Waldbeeren und Minzblättern strahlten vom Cover des Gastro-Magazins.

„Ich vertraue einfach nur auf das Geheimrezept meiner Urgroßmutter, meinte die Wirtin bescheiden", las Johnny Scheuringer vor und platzte dabei fast vor Stolz.

Er reichte Walter Dörflinger die Zeitschrift und ein Gramakirchner Pils über die Theke.

Der Veggieversum-Eigentümer las den Artikel aufmerksam und studierte intensiv jedes der appetitlichen Fotos.

„Johnny, noch ein Bier bitte!"

Der Wirt stellte ihm ein frischgezapftes Krügerl auf einen Gramakirchner-Bräu-Untersetzer.

„Na, was sagst? Meine Frau, ein Gastro-Star!"

Walter Dörflinger nickte ein wenig gedankenverloren.

„Ist die Renate da?"

„Sicher, die kocht gerade ein Gulasch für morgen. Warte, ich hole sie!"

„Ein Testimonial?"

Renate Scheuringer hatte sich mit Walter Dörflinger an den Stammtisch gesetzt und nahm einen Schluck von ihrem Rosé-Spritzer.

„Ja!", lachte ihr Gegenüber.

„Aber ich bin doch nicht der George Clooney!"

„Und ich verkaufe keine Kaffeekapseln."

„Geh, Walter. Du hast Ideen! Wie stellst du dir das denn vor? Und außerdem habe ich genug zu tun mit dem *Goldenen Bock*!"

„Dem George Clooney ist sonst auch nicht fad. Der Job eines Testimonials ist nicht zeitintensiv."

Er blickte die fesche Wirtin an.

„Du wärst die perfekte Werbeträgerin für unseren neuen Auftritt! Durch dich bekämen wir die Glaubwürdigkeit, die wir für den Relaunch benötigen! Mit dir an Bord starten wir durch!"

„Hör auf, Walter," wiegelte die Wirtin bescheiden ab. „Ich muss erst mit dem Johnny reden!"

Der Wirt reckte den Kopf zwischen den Zapfsäulen hervor.

„Von was reden wir denn da so?" Er rieb vielsagend seinen Daumen am Zeige- und Mittelfinger.

„Geh, Johnny", die Wirtin lief hochrot an. „Du bist unmöglich."

Walter Dörflinger lächelte, zückte einen Veggieversum-Kugelschreiber, nahm sich einen Bierdeckel aus dem schmiedeeisernen Stammtisch-Aufsteller in der Mitte des Tisches, schrieb eine Zahl darauf und reichte den Bierdeckel wortlos der Wirtin.

„Johnny, ich brauche noch einen Rosè-Spritzer."

Die Wirtin reichte ihrem Gatten den Bierdeckel weiter.

Johnny Scheuringer blickte auf den Untersetzer und schaute freudig auf.

„Wie wär's mit Champagner, Schatz?"

Topfen-Queen – Die Neueröffnung

Friederike Gollinger-Holzinger umarmte ihre alte Schulfreundin und busselte sie links und rechts.

„Irmi! Dass wir uns nicht öfter sehen, ist eine Schande. 12 Minuten sind wir jetzt hergefahren, und trotzdem schaffen's wir Gramakirchner nie nach Groß Öding!"

„Wir kommen doch auch nie raus aus unserem Nest, Fritzi! Wenn sich nicht so eine Gelegenheit ergibt wie heute, hätten wir uns das nächste Mal bestimmt erst wieder beim Maturatreffen gesehen."

„Maturatreffen. Erinnere mich nicht! Das letzte Mal war ein Desaster. Ich bin neben dem Leitinger Markus gesessen und musste mir die Aufarbeitung seines Altphilologie-Traumas anhören. Der fährt bis heute nicht nach Griechenland und Italien auf Urlaub, weil er Beklemmungen bekommt!"

„Der Leitinger, ich bin neben der Wadlinger Hilde gesessen!"

„Die wilde Hilde!"

Ernst Holzinger verpasste seiner Gattin einen sanften Stoß in den Rücken und lächelte ihre Freundin an.

„Gleich geht's los, meine Lieben! Ich denke, ihr müsst euren Klassentratsch kurz unterbrechen!"

„Ihr zwei Hübschen könnt's eure Schulerinnerungen dann beim Buffett weiter austauschen. Der Ernstl und ich sind sicher sowieso noch länger mit den

Pressefotos und dem üblichen Blabla beschäftigt",
ergänzte Irmis Gatte, der Groß Ödinger Amtskollege
und Parteifreund von Ernst Holzinger, Hermann
Strebinger.

Gemeinsam betraten die beiden Bürgermeisterpaare
den Platz.

Der Wettergott hatte es gut gemeint. Der Groß Ödinger
Hauptplatz lag in der schönsten Herbstsonne. Die
Instrumente der örtlichen Blasmusik glänzten um die
Wette, und das neue Firmenschild der *Topfen-Queen*
strahlte im Sonnenlicht genauso stolz wie der neue
Eigentümer.

Der große Platz war eingetaucht in ein Meer von gelb-
weißen Fahnen und Luftballons. Ohne die Luftballons
hätte man ein kirchliches Fest in den Farben des
Vatikans vermuten können. Doch es waren nicht Gold
und Silber des Heiligen Stuhls, sondern Topfengelb
und Staubzuckerweiß, die neuen Corporate Colours
des *Topfen-Queen*.

Auch das Podium, die Ehrentribüne, das
Geschäftsportal, die Kandelaber, die Parkbänke und
schließlich das heimische und das sowjetische
Kriegerdenkmal waren in die Gelb- und Weißtöne
getaucht. Das deutlich knalligere Gelb der
Raiffeisenbank auf der gegenüberliegenden Seite des
Hauptplatzes, direkt neben dem Rathaus, schlug sich
leider ein wenig mit dem zarten Topfengelb, tat der
opulenten festlichen Optik aber keinen Abstrich.

„Frau Bürgermeister, herzlich willkommen!"

184

„Fritzi, griaß' di!"

„Schön, dass du da bist. Herr Bürgermeister, meine Verehrung!" „Ernstl, danke fürs Kommen!", begrüßte Walter Dörflinger die Ehrengäste am Rande des Podiums und strahlte wie ein stolzer Tafelklassler am ersten Schultag.

Die Ehrentribüne war bereits fast bis auf den letzten Platz besetzt.

Herbert Irdinger zerschmolz in seinem dicken Trachtenjanker in der prallen Sonne und wischte sich mit einem bereits schweißtriefenden ehemals karierten Stofftaschentuch im 10-Sekunden-Takt über die bereits leicht gerötete Stirn.

Der Kirchenchorleiter saß neben dem nicht minder unter der für die Jahreszeit unerwarteten Hitze in seiner Soutane leidenden Pfarrer Piotr Santak, der von seinem Sitznachbarn bei gutem Wind und dem vierten Achterl im Pfarrstüberl schließlich zum Kommen überredet werden konnte. Er war nach wie vor alles andere als begeistert heute der Einweihung des neu zu eröffnenden Knödel-Restaurants durch seinen Groß Ödinger Kollegen nur als Gast beiwohnen zu dürfen, wo doch sein weltliches Pendant Ernst Holzinger durchaus in offizieller Funktion in die Zeremonie eingebunden war.

Albulena Piringer transpirierte ebenfalls ein wenig in ihrem Festtagsdirndl und versuchte sich auf eine flache Atmung zu konzentrieren, um keinen Fauxpas mit ihrem ausladenden Dekolleté zu riskieren.

185

Neben ihr zupfte Ludwig Piringer an seiner Trachtenschleife herum und bereute bereits nicht doch in seiner Feuerwehruniform erschienen zu sein. Diese musste er der heute obligatorischen Giebelkreuzanstecknadel opfern, die er auf der Uniform nicht tragen hätte dürfen. Und als Vertreter der Hausbank des Eigentümers war er heute seinem Brotberuf mehr verpflichtet als seiner Vereinszugehörigkeit.

Außerdem hätte er in seiner einfachen Mannschaftsuniform sowieso in keinster Weise mit dem neben ihm in seiner Feuerwehrhauptmannstellvertreter-Ausgehuniform strahlenden Alfred Pointinger konkurrieren können, der ob der Exponiertheit der Ehrentribüne und der zu erwartenden Dauer der Ansprachen sehr froh über das Tragen seiner Uniformkappe und entsprechend entspannt war.

„Der Josef ist wieder der Letzte", beugte sich Ludwig Piringer tuschelnd zu seinem dekorierten Kameraden und deutete auf die leeren Plätze neben ihm.

„Warum sollte das heute anders sein", erwiderte Alfred Pointinger schulterzuckend.

Wie aufs Stichwort betrat Josef Graminger, knapp gefolgt von Maria Steininger den VIP-Bereich neben der Ehrentribüne. Ohne Rücksicht auf die hinter ihm in für die Höhe ihrer Absätze beeindruckender Geschwindigkeit hereilenden Großbäuerin begab sich der Baumeister schnellen Schrittes, das ihm zu eigene Selbstbewusstsein, dass man meinen konnte die Tribüne wäre nur zu seinen Ehren aufgebaut worden, ausstrahlend, zu den für sie reservierten Plätzen und nickte dabei nonchalant in alle Richtungen. Die eigentlich ins Rampenlicht gehörende im wahrsten Sinne des Wortes stille Teilhaberin Maria Steininger trat wie immer bescheiden auf.

Peter Gerl erhob sich, um die beiden zu ihren Sitzen durchzulassen und begrüßte beide freundlich. Er trug wie immer einen klassisch modernen Anzug, noch nie hatte man ihn in Tracht gesehen, und man konnte sich den Steuerberater auch nicht in Loden oder gar mit Lederhosen, weißen Stutzen und Haferlschuhen vorstellen.

Genau in dem Moment, als sich die in letzter Minute Angekommenen gesetzt hatten, begann der Einsatz der Blasmusikkapelle, auch für die unzähligen Gäste am mittlerweile gut gefüllten Hauptplatz, die keinen Platz auf der Ehrentribüne zugewiesen bekommen hatten, ein Zeichen, ihre Aufmerksamkeit dem offiziellen Programm zuzuwenden.

Der junge Kapellmeister startete mit der schwungvollen *Fuchsgraben-Polka* und leitete mit der *Südböhmischen Polka* über zum *Böhmischen Traum*, der wohl als musikalisches Apropos zu den nunmehr folgenden Ansprachen rund um Knödel und Kulinarik zu verstehen war.

Walter Dörflinger bedankte sich applaudierend bei der Kapelle, trat ans Rednerpult und hielt eine zwar mit kurzweiligen Pointen gespickte, aber leider schlussendlich doch etwas zu lange Rede über seine

Vision für die Zukunft seiner Knödelrestaurantkette. Dann bat er den Groß Ödinger Dorfpfarrer um seinen Segen und schließlich die beiden Bürgermeisterkollegen um die gemeinsame Durchtrennung des roten Bandes samt entsprechendem Posieren für die lokale und ebenfalls anwesende überregionale Presse sowie sein Social-Media-Team.

Im Anschluss an die Fotosession und perfekt zeitlich auf den vor allem einige Gäste auf der Ehrentribüne erlösenden Sonnenuntergang abgestimmt, fuhr unter dramatischer Begleitmusik, die man niemals im Repertoire der Blasmusikkapelle vermutet hätte, eine große Leinwand aus dem Podium.

Und dann sah das beeindruckte Publikum das neue Promotion-Video der *Topfen-Queen*. Walter Dörflinger hatte offensichtlich keine Kosten und Mühen gescheut, sein neues Unternehmen werbetechnisch ins rechte Licht zu rücken. Die appetitlichen Makro-Aufnahmen der flaumigen Knödel waren hinsichtlich der eingestreuten Special-Effects auf internationalem Niveau, und dann kam der Knalleffekt mit dem sympathischen Regionalbezug, der Präsentation der Wirtin des Goldenen Bock als neuem Testimonial!

Der großartig gemachte Spot endete mit einer in Cinemascope-Format strahlenden Wirtin, die stolz ihre Knödel in die Kamera hielt. In Bühnennebel gehüllt verschwand die Leinwand wie von Zauberhand und aus dem Nebel heraus betrat Renate Scheuringer begleitet von ihrem Gatten die Bühne und strahlte in ihrem Dirndl live ins Publikum, genauso wie gerade eben noch aus dem Werbefilm!

Da riss es selbst die Ehrengäste von ihren Sitzen und der gesamte Groß Ödinger Hauptplatz applautierte und jubelte lauthals und ausgelassen der Wirtin zu, unter dem Motto: die Gerechtigkeit hat gesiegt!

Buchpräsentation

Renate Scheuringer stand vor dem Eingang des *Topfen-Queen* Restaurants, stampfte fröstelnd von einem Bein auf das andere und blickte abwechselnd auf den ausgestorbenen Groß Ödinger Hauptplatz und ihre Uhr.

Walter Dörflinger trat aus dem Restaurant.

„Komm rein ins Warme, Renate! Du verkühlst dich noch. Mit klammen Fingern wirst du nicht Signieren können."

Die Wirtin folgte ihm hinein.

„Ich bin gespannt, wie viele Leute heute kommen werden."

„Wir haben allein auf Facebook 124 Zusagen und 203 Interessierte!", berichtete Jennifer Pramhartlinger, die für Social-Media zuständige Junior-Digital-Managerin aus der Veggieversum-Marketing-Abteilung, dienstbeflissen.

„Für so viele hätten wir hier doch gar keinen Platz!", entspannte sich die aufgeregt wirkende Wirtin durch die erfreulichen Zahlen ein wenig.

„Nach unseren Erfahrungen kommen von den Facebook-Zusagen zirka 50% und von den Interessierten ungefähr 10%. Gemeinsam mit den paar Kurzentschlossenen wären das in unserem Fall in etwa 90 Personen. Und wir können 60 Sitz- und bis zu 60 weitere Stehplätze anbieten", dozierte die junge, ambitionierte Mitarbeiterin.

„Naja, dann müssen die Prozente nur noch analog auftauchen", scherzte Walter Dörflinger mit leicht nervösem Unterton und blickte auf die Uhr seiner Smart-Watch.

„Haben sie auch Erfahrungen, wann die Gäste im Normalfall zu einer Buchpräsentation erscheinen", wandte sich Renate Scheuringer an die Social-Media-Expertin.

Diese checkte schnell die Uhrzeit auf ihrem I-Phone.

„Wir haben noch 15 Minuten!"

Sie blickte hinaus auf den immer noch menschenleeren Hauptplatz.

„Eigentlich sollten üblicherweise um diese Zeit bereits etwas mehr als die Hälfte der Gäste eingetroffen sein", referierte sie spröde und wirkte nun auch langsam auch ein wenig ratlos.

Renates Handy klingelte.

„Hallo Johnny!"

„Was?"

„Wer?"

„Wieso?"

„Beide?"

„Oh mein Gott!"

Walter Dörflinger sah sie fragend an.

„Was mach ma jetzt?"

„Warte, ich rede mit dem Walter!"

Sie nahm das Handy vom Ohr und sah die Social-Media-Dame an.

„Sie haben offenbar in den *Goldenen Bock* eingeladen!"

Walter Dörflinger blickte vorwurfsvoll auf seine engagierte Marketing-Mitarbeiterin, woraufhin diese panisch über ihr I-Phone zu wischen begann.

„Ach du heilige …!"

Sie biss sich auf die Lippen und schaute auf.

„Yep! Goldener Bock, Gramakirchen. Sorry."

„Die zugesagten und interessierten Gäste sind schon alle im *Goldenen Bock*, sagt der Johnny", seufzte die Wirtin tief. „Und offenbar auch viele Kurzentschlossene. Als Draufgabe kommt in einer Viertelstunde eine Verkaufsfahrt mit dem Bus bei uns an, zu einer Dampfdruckkochtopf-Präsentation im Extrastüberl."

„Gib mir einmal den Johnny!", bat Walter Dörflinger.

Renate lugte vorsichtig durch den Türspalt des Tanzsaals im ersten Stock des *Goldenen Bock*.

„Wie hast du das nur in einer Viertelstunde hinbekommen?"

Sie umarmte ihren Gatten so herzlich wie schon lange nicht mehr.

In dem alten Saal, der normalerweise nur am Faschingsdienstag zum traditionellen Gschnas des Gramakirchner Verschönerungs-Vereins und zur alljährlich an Christi Himmelfahrt stattfindenden Tauschbörse des Dachverbandes der Numismatik-vereine des Bezirks genutzt wurde, stand auf der kleinen Bühne ein Tisch samt Leselampe und Wasserglas. Die mit einem kunterbunten

Sammelsurium an von überall zusammengetragenen Sesseln, Bänken und Hockern bestuhlte Tanzfläche, das jedem Mobiliendepot alle Ehre gemacht hätte, war gesteckt voll mit weit über 100 erwartungsfrohen Gästen der über Renates Facebook- und Instagram-Account am falschen Ort angekündigten Buchpräsentation.

Die Wirtin atmete tief durch und betrat, gefolgt von Walter Dörflinger, mit der für eine Buchautorin durchaus überschaubaren Verspätung von knapp über 10 Minuten den Saal. Hinter ihnen eilte eine noch immer etwas zerknirscht wirkende Jennifer Pramhartlinger, soweit dies der turmhohe Bücherstapel, den sie gefährlich schwankend vor sich herjonglierte, zuließ, in Richtung Bühne, um noch schnell auf einem etwas seitlich stehenden Pult den Büchertisch für die anschließende Signierstunde herzurichten. Irgendwie zauberte sie dann auch noch ein Roll-Up, das sie unter ihre Achsel geklemmt hatte, hervor und entrollte es neben der Autorin, die soeben unter dem höflichen Beifall des Publikums am Lesetisch Platz genommen hatte.

„Renates Topfen-Bibel" prangte in schönen Lettern am Cover, das Renate am Roll-Up-Foto stolz in die Kamera hielt.

Daneben saß das Original und schlug ebenso stolz das vor ihr liegende Exemplar, gespickt mit unzähligen Post-It-Notizen, auf.

„Herzlich willkommen! Ich freue mich …", begann die Wirtin, da wurde die Türe in den Tanzsaal schwungvoll aufgeschlagen und herein stürmten die Handtaschen von Herta Haberfellner und Erika Smetana, gefolgt von ihren Besitzerinnen, Klaus-Jürgen Schleinzer und einer ganzen Busladung voll Verkaufsfahrtteilnehmern.

„Ich bitte vielmals um Entschuldigung, Gnädigste", ergriff sympathischer Weise der altbekannte Verkäufer ungefragt das Wort.

„Aber als wir gerade von ihrem holden Gatten bei unserer Ankunft erfahren haben, dass sie jetzt hier ihr Werk präsentieren, da haben meine Dampfdruckkochtöpfe niemanden mehr interessiert, und wir wollten sie bitten, ob wir uns hier noch still hinter die letzte Reihe platzieren dürften, um ihren Ausführungen zu lauschen?!"

Renate Scheuringer war nahe daran, ihre Fassung zu verlieren. Zuerst das bange Warten in der *Topfen-Queen*, dann die wilde Fahrt mit Walters Elektro-SUV in den *Goldenen Bock*, der ohnehin schon volle Tanzsaal und jetzt auch noch die Busgesellschaft als I-Tüpfelchen oder wie Herr Schleinzer sagen würde „Sahnehäubchen". Das war schon etwas viel für einen Tag, an dem man auch nur aufgrund der einfachen Tatsache, dass man der Welt sein erstes Kochbuch präsentieren sollte, aufgeregt genug wäre.

„Herzlich willkommen! Ich freue mich!", war das Einzige, was sie tatsächlich herausbrachte.

Walter Dörflinger wartete, bis die Busgesellschaft ihre Stehplätze eingenommen hatte bzw. Herta Haberfellner und Erika Smetana sich noch Sitzplätze auf zwei vorhin schon gut besetzt gewesenen Heurigenbänken erobert hatten, und begrüßte namens des Herausgebers die Gäste zur Buchpräsentation, nicht ohne die Autorin und ihre Kochkünste über alle Maßen zu huldigen.

Nach einer noch etwas gestotterten Einleitung entspannte Renate sich schnell und meisterte ihre Premieren-Lesung schließlich bravourös.

Walter Dörflinger und Johnny Scheuringer halfen Jennifer Pramhartlinger, noch schnell weitere Exemplare der Erstauflage in den Tanzsaal zu schleppen. Renates Topfen-Bibel verkaufte sich wie warme Semmeln.

„Schreiben sie bitte: Für Herta, eine Köchin aus Leidenschaft!", bat Herta Haberfellner die Autorin sehr zum Amüsement der Umstehenden.

„Bei mir nur: Für Erika", gab sich Erika Smetana bescheiden. „Vielleicht mit heutigem Datum bitte", fügte sie hinzu. „Also: Gramakirchen, am ...", präzisierte sie.

Als einer der Letzten stellte sich Klaus-Jürgen Schleinzer um ein von der Autorin signiertes Exemplar an.

„Es ist mir eine Ehre, wirklich", bedankte er sich bei der Kochbuchautorin. „Ich hoffe, Frau Wirtin hegen keinen Groll mehr auf mich. Immerhin hat das Schicksal ja schlussendlich für Gerechtigkeit gesorgt!" Renate Scheuringer warf ihm einen vernichtenden Blick zu, bei dem sich jeder durchschnittlich empathiebegabte Mensch sofort kommentarlos zurückgezogen hätte.

Klaus-Jürgen Schleinzer jedoch strahlte die Wirtin treuherzig an.

„Und wenn sie einen wirklich guten Dampfdruckkochtopf brauchen, Gnädigste, kommen s' anschließend ins Extrastüberl. Der neue „Steamie Wonder" ist ein echtes Topprodukt! Und ich mach' ihnen natürlich auch einen Spezialpreis!"

Topfen-Trivia

[1] Topfen [2], der – österreichisch und bayrisch für Quark, ein aus der Milch durch die Zugabe von Lab oder bakterielle Milchsäurebildung ausgefälltes Milcheiweiß, das von der flüssigen Molke getrennt wird, so dass die typische weiche bis krümelige Konsistenz entsteht.

Speisetopfen ist eine Frischkäsesorte, erhältlich normal mit 40 Prozent Fett, halbfett mit 20 Prozent und als Magertopfen mit 2 Prozent Fett. Topfen mit geringem Wassergehalt nennt man Bröseltopfen.

[2] Topfen – etymologisch

Topfenneger [dopfnnega] – wienerisch für einen Menschen mit blasser Hautfarbe

Topfenwickel – Topfen wirkt entzündungshemmend; den Wickel (Kompresse) gibt es kalt oder warm; diese sollen mit dem feuchten Topfen aufgelegt werden und so lange einwirken, bis der Topfen getrocknet ist.

Kalter Topfenwickel – zur Linderung von Schwellungen, Entzündungen, Prellungen, Sonnenbrand, Verbrennungen oder Fieber

Warmer Topfenwickel – bei Halsschmerzen oder Verkühlungen

Topfen, der – Unsinn.

Einen Topfen reden („Du redest einen ziemlichen Topfen!").

Einen Topfen zusammenspielen (Ballsport).

Ein Topfen sein („das ist ja ein Riesen-Topfen!").

[3] Topfen [2] – künstlerisch

Fettarmer Topfen dient als natürliches organisches Bindemittel für Farben für Kunstmaler („Kaseinfarbe").

---

[2] Wikipedia „Quark (Milchprodukt)" 01.10.2022

[4] Topfen – kulinarisch

Ob Topfen oder Quark, das Milchprodukt gehört zur österreichischen Küche wie die Panier zum Schnitzel. Auch in den Küchen der Nachbarländer ist Topfen mehr oder weniger präsent. Will man aber im weiter entfernten Ausland traditionelle Topfenrezepte zubereiten, so muss man meist feststellen, dass die wichtigste Zutat nicht zu bekommen ist – eine überraschende und schmerzliche Erfahrung für einen gelernten österreichischen Gourmet, der die heimischen Köstlichkeiten doch gerne als global essentiell betrachtet.

Renates Topfen-Bibel (Auszug)

Topfenknödel [3]

3 Eier, 90g Butter, Salz, 300g Topfen, 120g Grieß, etwas Butter und Brösel zum Übergießen.

Man passiert den Topfen, mischt ihn mit den Dottern, der abgetriebenen Butter, dem Salz und dem Grieß und lässt den Teig eine Stunde stehen. ½ Stunde vor dem Anrichten wird sehr fester Schnee geschlagen, in die Masse eingemischt, Knödel geformt und in siedendem Salzwasser gekocht. Sie brauchen, je nach Größe, ungefähr ¼ Stunde zum Garwerden. Es wird vorteilhaft sein, einen kleinen Probeknödel einzukochen. Sollte er zerfallen, muss man einen Löffel Grieß oder einen Löffel Brösel dazugeben; bemerkt man, dass der Teig zu fest ist, gibt man einen Löffel Milch oder Rahm

---

[3] Alice Urbach / So kocht man in Wien! / Verlag Ernst Reinhardt, München

dazu. Die Knödel werden vorsichtig mit dem Schaumlöffel herausgenommen und mit heißer Butter, in der Brösel geröstet wurden, bestreut.

Topfengolatschen (aus Plunderteig) [3]

Zuerst bereitet man einen abgeschlagenen, ziemlich festen Teig von 180g Mehl, 20g Germ, 30g Zucker, 1 Ei, 1 Tasse Milch, Salz; dann gibt man auf ein Brett 70g Mehl und 160g Butter, schneidet diese mit einem Messer in das Mehl hinein und verknetet sie mit dem Mehl zu einem Buttermehlziegel, der etwa fingerdick sein soll.

Nun wird der Germteig auf dem frisch bemehlten Brett (man verwende aber möglichst wenig weiteres Mehl, da nicht mehr Mehl als im Rezept vorgesehen zum Teig kommen soll!) etwa fingerdick, und mindestens dreimal so groß wie der Buttermehlziegel, ausgerollt, der Butterziegel in die Mitte gegeben und der Germteig von allen Seiten darüber zusammengeschlagen, Hierauf rollt man den Teig auf die dreifache Größe aus, schlägt ihn von einer Seite her zweidrittel ein und das andere Drittel darüber, so dass nun drei Lagen Teig übereinander liegen. Dieses Ausrollen und Zusammenschlagen wiederholt man nun noch dreimal; man nennt dies: dem Teig Touren geben. Dann lässt man den Teig zugedeckt rasten, stellt ihn dabei aber nicht warm, wie anderen Germteig. Nach einer Stunde etwa treibt man den Teig je nach Verwendungsart bis messerrückendick aus und verwendet ihn. Man kann ihn danach etwas gehen lassen, was aber nicht unbedingt nötig ist.

Aus dem Teig rollt und radelt man dünne viereckige Flecken aus, gibt auf jeden einen Löffel Topfenfülle, schlägt den Teig darüber zusammen, bestreicht die Golatschen mit Ei, lässt sie nach Belieben noch ein wenig gehen und bäckt sie auf dem Blech.

Fülle: 50g Butter treibt man flaumig ab, rührt dazu 100g Vanillezucker, 200g passierten Topfen, 1-2 Dotter, den festen Schnee davon und nach Belieben 50g Weinbeeren oder Rosinen. Man kann an Dottern sparen, wenn man etwas Kartoffelmehl dazu mischt.

Topfentorte [3]

100g Mehl, 70g Butter, 40g Zucker, 1 Dotter. – Zur Fülle: 250g Topfen, 50g Butter, 2 Dotter, Vanillezucker nach Geschmack. – Für den Schaum: 3 Eiweiß, 120g Zucker.

Aus dem Mehl, der Butter, dem Zucker und dem Dotter wird ein mürber teig bereitet, der in der gebutterten und gestaubten Tortenform licht gebacken wird. Zur Fülle wird der passierte Topfen, die Butter, die Dotter, der Zucker flaumig abgetrieben, auf das gebackene Tortenblatt aufgestrichen, mit dem festen Schnee der 3 Eiklar, welcher mit dem Zucker vermengt wurde, überzogen, worauf man das Ganze im Rohr nochmals Farbe annehmen lässt.

Topfensuppe [3]

3-4 Löffel Topfen, 2 Löffel Mehl, Rahm, Kümmel, Salz, Brotschnitten, Kräuter.

Den Topfen passiert man fein, gibt Salz, Kümmel Rahm und Mehl dazu, rührt die Masse dann mit kaltem Wasser flüssig und lässt sie in 1½ l kochendes Wasser einlaufen. Nun wird die Suppe nur mehr kurz aufgekocht, über Brotschnitten angerichtet und nach Belieben mit Kräutern bestreut.

Topfenkoch [3]

80g Butter, 4 Dotter, 100g Zucker, 100g Mandeln, 100g Topfen, 50g Rosinen, Zitronengeschmack, Butter und Mehl für die Form.

Die Butter wird mit den Dottern und dem Zucker abgetrieben, ganz klein wenig abgeriebene Zitronenschale zugesetzt, die abgezogenen, fein geriebenen Mandeln, der passierte Topfen und die Rosinen, zuletzt der feste Schnee der Eiklare beigemengt. Die Masse wird in einer ausgebutterten, ausgestreuten Auflaufform gebacken.

Topfenstrudel [3]

Strudelteig: 200g glattes (fein griffiges) Mehl, 1 Ei oder 1 Dotter, Salz, etwa 2 Löffel lauwarmes Wasser.

Das Mehl gibt man auf das Brett und macht eine Grube in die Mitte. Nun sprudelt man Ei, Salz und Wasser zusammen ab, gibt es in die Grube und arbeitet es anfangs mit einem Messer zum Mehl; später nimmt man die Hände und arbeitet den Teig, wobei man öfters ein wenig Mehl darunter streut, so lange ab, bis er ganz zart ist und Blasen wirft. Hierauf bestreicht man ihn mit wenig warmen Wasser (oder auch Butter) und deckt ihn, falls er etwas zu weich sein sollte, mit einer kalten, im gegenteiligen Fall, mit einer warmen Schüssel zu und lässt ihn eine gute Stunde rasten. Dann breitet man ein großes Tuch auf den Tisch, bemehlt es, legt den teig darauf, treibt ihn ein wenig aus und zieht ihn dann mit den bemehlten (manche fetten sie auch!) Händen so weit aus, bis er ganz durchsichtig wird. Damit der teig hält, kann man auf das bereits ausgezogene Ende das Nudelholz legen. Der verbleibende dickere Rand wird abgezupft oder abgeschnitten. Nun ist der Teig fertig zum Füllen, man lässt ihn aber zuvor noch einige Minuten trocknen. Nun kann man ihn mit der Butter bestreichen oder die Fülle auch gleich so darauf gleichmäßig verteilen, wobei man das letzte Fünftel und auch ein wenig am Rande freilässt. Dann schlägt man das ganz gefüllte Teigende ein wenig nach innen ein und beginnt von dort her mit dem Einrollen, indem man das Tuch mit beiden Händen hochhebt.

Fülle: 100g Butter, 3 Dotter, Zucker nach Geschmack, 3 Klar Schnee, 100g Rosinen oder Weinbeeren, $^1/_8$ l Rahm, $^1/_2$ kg passierten Topfen.

Die Fülle wird gut abgetrieben, auf den ausgezogenen Teig gestrichen, mit den Rosinen bestreut und der Strudel wie üblich weiterbehandelt. Nach der halben Backzeit übergießt man ihn mit $^1/_8$ – $^1/_4$ l siedender Milch und lässt ihn fertigbacken.
Durch die Milch wird der Strudel besonders saftig und zart.

Topfenpalatschinken [3]

Palatschinkenteig: 150g Mehl, 2 Eier, Salz, Zucker nach Geschmack, ¼ l oder Mehr Milch.

Alle Zutaten werden zu einem dünnflüssigen teig verrührt, von dem man mit heißem Fett oder Butter in der Pfanne dünne Palatschinken (Pfannkuchen) bäckt. Sie sollen auf jeder Seite nur schön gelb, höchstens dunkelgelb sein. Das Umdrehen besorgt man mit einer Palette oder mit dem Schmarrnschäuferl oder man „schupft" sie, d.h. man gibt der Pfanne einen Schwung, wobei die Palatschinke in die Luft fliegt, sich dreht und wieder in die Pfanne fällt – wenn man es richtig macht!

Fülle: 150g passierten Topfen, verrührt man mit 1-2 Dottern, etwas Butter, Zitronenschale, Vanillegeschmack und Zucker nach Bedarf. Damit bestreicht man die Palatschinken, rollt sie ein und zuckert sie an.

Topfenkuchen (Mürbteig) [3]

Mürbteig: 300g Mehl, 150g Butter, 2 Dotter, etwas Salz, etwas kaltes Wasser, Milch oder Obers (Zucker und etwas Rum).

Das Mehl schüttet man auf das Nudelbrett, schneidet die Butter mit dem Messer hinein und rollt sie dann mit dem Holz dünnblättrig aus, worauf man Mehl und Butter mit den Händen abbröselt. Hierauf mischt mandie übrigen Bestandteile dazu und knetet den Teig rasch, aber nicht zu stark ab. Dann schlägt man ihn in ein Tuch ein und lässt ihn sehr kühl eine Stunde rasten. Für süße Kuchen usw. gibt man Zucker nach Bedarf und auch einen Löffel Rum dazu.

Fülle: 300g passierter Topfen, Zitronenschale und Zucker nach Geschmack, etwas Vanille, 2 Dotter, 30g Butter, gezuckerten Schnee von 3 Klar.

Von dem Teig bäckt man einen Boden mit kleinem Rand. Indessen treibt man die Butter mit den Dottern, dem Topfen und den übrigen Zutaten ab und streicht diese Masse auf den hellgelb gebackenen Teig. Darauf gibt man den Schnee, zuckert diesen nochmals an und bäckt das Ganze, bis der Schnee Farbe hat. Der erkaltete Kuchen wird in Stücke geschnitten und angerichtet.

Topfenauflauf [3]

250g Topfen, 250g gekochte, erkaltete Bandnudeln (Reste), 50-100g Schinkenspeckwürfel, 2-3 Eier, 2 Löffel Rahm, Salz, Butter und Brösel für die Form.

Die mit Rahm und Salz abgesprudelten Eier (das Klar kann man auch zu Schnee schlagen) verrühr man mit dem passierten Topfen, mischt alles mit den Nudeln und füllt es in die Backschüssel. Nach Belieben kann man etwas Käse darüber streuen. Der Auflauf wird bei guter Hitze 15-20 Minuten im Rohr gebacken.

Topfenschmarrn [3]

½ kg Topfen, 100g Mehl, 2-3 Dotter, den Schnee davon, einige Löffel Rahm, Schmalz, Salz.

Den passierten Topfen verrührt man mit dem Mehl, den Dottern, Salz, Rahm und dem Schnee, gibt den Teig in das heiße Schmalz, lässt ihn unten braun werden, dreht das Ganze mit dem Schmarrnschäuferl um, lässt es wieder braun werden und zerreißt und zersticht es dann zu großen Brocken, wobei man es fleißig abröstet, bis der Schmarrn eine schöne Farbe hat. Man soll ihn aber auch nicht zu lange abrösten und auch gleich anrichten, damit er nicht trocken wird. Dazu reicht man grünen Salat.

Heinrich Fähmels Paprikakäse [4]

45g Rahmkäse (oder Topfen), 1 Fingerhut voll
Paprika

Den Käse mit dem Paprika gut durchkneten.

---

[4] Heinrich Böll / Billard um halb Zehn / DTV,
München

Herstellung und Verlag:
BoD – Books on Demand, Norderstedt
ISBN: 9783744839655